一场盛世的狂欢

从顾城到海子

陈春秋水——著

中国出版集团
现代出版社

目　录 | CONTENTS

上篇 / 顾城
他只有许许多多浆果一样的梦
和很大很大的眼睛

下篇 / 海子

用我们横陈于地的骸骨

在沙滩上写下——青春

小　序

卷一　我的死与任何人无关

卷二　我从泥土中来

卷三　在路上

我只能用生命里，最柔软的呼吸。

画下一片，值得猜测的痕迹。

她没有见过阴云
她的眼睛是晴空的颜色
她永远看着我
永远，看着
绝不会忽然掉过头去
我想画下遥远的风景
画下清晰的地平线和水波
画下许许多多快乐的小河
画下丘陵——
长满淡淡的茸毛
我让它们挨得很近
让它们相爱
让每一个默许
每一阵静静的春天激动
都成为一朵小花的生日
我还想画下未来
我没见过她，也不可能
但知道她很美
我画下她秋天的风衣
画下那些燃烧的烛火和枫叶
画下许多因为爱她

上篇

发愣
他没有家
没有一颗留在远处的心
他只有，许许多多
浆果一样的梦
和很大很大的眼睛
我在希望
在想
但不知为什么
我没有领到蜡笔
没有得到一个彩色的时刻
我只有我
我的手指和创痛
只有撕碎那一张张
心爱的白纸
让它们去寻找蝴蝶
让它们从今天消失
我是一个孩子
一个被幻想妈妈宠坏的孩子
我任性

我是一个任性的孩子
我想在大地上画满窗子，
让所有习惯黑暗的眼睛都习惯光明

也许
我是被妈妈宠坏的孩子
我任性
我希望
每一个时刻
都像彩色蜡笔那样美丽
我希望
能在心爱的白纸上画画
画出笨拙的自由
画下一只永远不会
流泪的眼睛
一片天空
一片属于天空的羽毛和树叶
一个淡绿的夜晚和苹果
我想画下早晨
画下露水
所能看见的微笑
画下所有最年轻的

顾城

他只有许许多多浆果一样的梦
和很大很大的眼睛

而熄灭的心
画下婚礼
画下一个个早早醒来的节日
上面贴着玻璃糖纸
和北方童话的插图
我是一个任性的孩子
我想涂去一切不幸
我想在大地上
画满窗子
让所有习惯黑暗的眼睛
都习惯光明
我想画下风
画下一架比一架更高大的山岭
画下东方民族的渴望
画下大海——
无边无际愉快的声音
最后，在纸角上
我还想画下自己
画下一只树熊
它坐在维多利亚深色的丛林里

小　序

我从没被谁知道，所以也没被谁忘记。在别人的回忆中生活，并不是我的目的。

——顾城《早发的种子》

顾城的诗总那样让人着迷，像一株嫩芽破土而出，像小花猫沾了奶油的胡须，像被飓风肆虐过的草原，像心上人看着你时那双藏不住笑的眼，像夏天午后的晴空，那里有一朵特别白的云，然后，它被风吹散了。

顾城离世至今，已有二十余年。可一读起他的诗来，就总觉得他还活在我们心里似的。每个人的心里都有一个属于自己的顾城。

多年来，他跟妻子谢烨的双双离世已然成谜，有人把顾城当作杀妻的罪犯看待，也有人不停地为他辩护，无数人为了顾城私生活的诸多细节争得面红耳赤，这么多年一天也未曾停止过。任后世评说万千，可事实的真相早已跟随着逝者一并缢于那个南太平洋的小岛上了。

顾城似乎从未长大过，一辈子活在自己的理想国里。直到离开这个世界的那一刻，他依然是个任性的孩子。他惶恐过，狂喜过，伤害过人也被人伤害过，他爱过也被爱过。他就是那个拒人于千里之外的顾城，那个聚光灯下自信地做着讲演的顾城，那个无助得像个孩子的顾城，那个倔强而坚定的顾城，那个摇摆在想爱和不敢爱之间的顾城。

顾城留下的相片为数不多，很多相片里的他都戴着一顶高高的帽子。他说，这帽子就是他与外面世界的边界。顾城的帽子大多是他自己亲手做的，他对自己的帽子爱惜得不得了，好像那顶魔术师般的高帽子就是他的王冠，而他俨然就是自己理想国中的王。顾城曾开玩笑似的说过，那帽子象征着长城上的一块砖。戴上它，他才完整。

芸芸众生，顾城属于少有的那一类可以被称为“天才”的人。他写诗，他画画。据说他还曾在众人面前弹过钢琴。一曲终了，掌声雷动，可顾城其实压根没有学过弹钢琴。他随意地变换着摁在琴键上的手指，就如同信手涂鸦。

不管是写诗还是弹琴，或许顾城本就不需要学，只因为他是顾城，“顾城”二字就是作为一种艺术形式最有力的存在。

所有的一切，都是他身体里的一部分经由他的指尖里自然而然地流淌了出来，半梦半醒时分，那些碎片飘到空气里，自然而然地聚合起来，就成了诗，成了画，成了旋律。巧的是，不论哪一样都能打动人。

顾城是幸运的，他娶到了他的维纳斯。在他短暂而辉煌一生中，他曾与他的最爱度过了一段刻骨铭心的日子，至少他快乐过。这个世界注定是不完美的，可偏偏顾城就是一个追求完美到了极致的人。在这个不完美的世界面前，他一下子就成了一个无助的孩子。他眼睁睁地看着大厦倾颓，手足无措，痛哭流涕，除了逃跑以外毫无办法。他不知道，他那么在乎的一切，在旁人眼里不过是积木堆成的小孩子玩意儿。他心底里那份不被理解的孤独，他的痛苦，他的挣扎，终于还是让他选择了离开。

顾城走了。或许有的人注定就是没有办法忍受平庸的，有的花火就是注定要在最绚烂的时候熄灭的。为了颜色，为了巨响，为了一个鲜红一个淡绿，也为了成为顾城。

假如你偶尔也会想念他，就读一句顾城的诗吧。只消一句，你就又能看到他活生生的站在你面前了。他那双黑色的大眼睛，就那么直勾勾地看向你。那是一双怎样的眼睛啊，好像能把全世界的忧郁和快乐，一股脑地装进去，让你忍不住想走进他的那个梦，跟他在梦里相遇。

卷一

我是一座小城

秋天的孩子

1956 年 9 月 24 日，北京白塔寺边的人民医院里，伴随着嘹亮的啼哭声，一个健康的男婴出生了。

这个拥有着梦幻般的瞳仁的婴孩，就是顾城，当代最优秀的诗人之一。由于母亲身体的原因，顾城提前七周降临在了这个世界上。此刻的他，正在暖箱中安安静静地睡着，筋疲力尽的母亲也睡去了，嘴角挂着笑。

顾城的父亲顾工，是一名优秀的军旅作家与诗人，此时正隔着玻璃，无限慈爱地注视着暖箱里的小男孩，他身边的小姑娘是大顾城两岁的姐姐——顾乡，她那双新奇的大眼睛正不停地来回打量着这个新的家庭成员。

顾城的降临就像是上天赐予的礼物，为这个平凡的家庭带来了巨大的喜悦。清亮的阳光洒进医院走廊，窗外的树影映着婴儿甜美的睡容，这个平凡的秋日也变得温柔了起来。很多年后，顾城说自己是秋天的孩子。或许是因为孩子总随母亲的样儿，因而他的诗也总带一抹秋日的清甜气吧。

初秋的北京已经微微有些凉意。大街小巷都回荡着《东方红》的旋律，第一个五年计划即将完成，社会主义建设正进行得热火朝天。整个北京城都笼罩在喧闹与忙碌的气氛中。顾城生命的最初四十七天是在暖箱里度过的，大幕拉开，顾城将从这个小小的暖箱开始他短暂而传奇的一生。生于秋天，殁于秋天。

顾城是在北京西直门马相胡同《解放军报》报社的宿舍大院里长大的。不同于其他孩子喜欢上蹿下跳，顾城总是喜欢一个人待在家里，每当阳光穿透窗帘上嫩黄色的小碎花，年幼的顾城总会站在大大的穿衣镜前打量起自己来。

一阵风吹过来，小小的顾城身体里的另一个更小的顾城就被吹跑了，在他的小脑袋瓜里，他在旷野中，他在山巅上，他骑着白马，他戴着皇冠，他离天空是那么近，近到一伸手就可以把那些棉花糖一样的云朵给扯下来。

此时的顾城正处在探索世界的阶段，他对这个世界的一切都感到新奇，总有十万个为什么要问。天为什么会黑，叶子为什么会变成黄色的再掉在地上，院子里小花猫为什么会不见了。他总是拉着姐姐的衣角问东问西。他简单得就像一张白纸，看到什么想到什么，他就原原本本地告诉你，你告诉他什么，他也完完全全地相信你。每当顾城发现有什么事跟姐姐解释的不一样的时候，就好像天塌下来了似的，开始手足无措地哭起来。可下一次，他还是会选择毫不保留地相信。

在顾城的童年里，姐姐顾乡可以说是他唯一的朋友。顾城不大乐意跟其他孩子玩，每当看到他们抓麻雀，捉青蛙时，他总是躲在一边暗暗地为那些小生灵们着急，抓不着，逮不到，快跑啊，快逃啊。

善良的祈祷总是不起作用，顾城总会隐隐觉得这是自己的错，但他又搞不大清楚自己到底错在哪里。他想保护那些小生灵，但又不知道应该怎么做，他明明知道那些孩子们是不对的，可是却不知道该以怎样的理由去制止他们，只好把一切都归咎于自己，暗暗地难过好一阵。

在顾城的内心深处，他其实有些怕其他同龄的孩子们。他总觉得自己也是一只小花猫，他生怕那些同龄的男孩子也会捉住他，拉住他的尾巴将他到处甩。他为自己的怯懦生闷气，有时候任性起来，也会对姐姐发脾气，过后心里又暗自后悔，只有一个人静静地发呆。

一株青草，院子里的杨树，镜子里的自己，都似乎有着无穷的趣味，顾城都可以饶有兴致的看上一个下午。他最爱蹲在地上看蚂蚁，偶尔有蚂蚁走错了路，他就用手挡住它们，但它们总是一个劲儿地往前撞，试图越过面前高高的“五指山”，每当这个时候，顾城就着急得不得了，想方设法地将蚂蚁们赶回正确的路上去，可它们总是不领他的情。

顾城就像一个国王似的保护着脚下这一方土地，而蚂蚁们忙于搬运，全然没有在意这个自诩为王的孩子。

顾城喜欢爬到窗台上看外面的世界。小小的窗户打开了，各种各样新奇的色彩撞进了眼睛里：天空里被夕阳染红的云，在云里嬉戏的鸟儿以及被风吹出裙褶的水。在小顾城看来，这的确是一个新鲜又神奇的世界。

三岁时，顾城在一次玩耍中不慎跌出窗子，像飞鸟般忽地融入了外面的世界。头上的血流了满地，点缀在众多色彩中的那抹鲜红格外醒目。正是因为那次的事故，顾城心里对医院留下了极深的阴影。打针吃药，成了记忆中最可怕的噩梦。

直到后来长到十岁上下，母亲带着顾城去做了割除扁桃体的手术后，惧怕医院的情绪才有所好转。可惜，这时顾城左眼的视力已经被高烧所伤，这也让印在他瞳仁上的一切更多了一层雨雾朦胧。

即便有一些小烦恼，但在五岁前不上学的这段日子里，顾城还是快乐的。姐姐一直是顾城最好的朋友，因为姐姐有很多小人书，并且愿意跟顾城分享它们。

顾城对这些画着图画的小书又爱又敬，总是把手洗干净才去翻书。翻书的时候也总是很小心，不肯翻到一百八十度，生怕把书弄出了褶皱。顾城看书看得飞快，他酷爱藏在书后面的那个神奇的世界，他恨不得自己也能钻进书里去，跟每一个小人哪怕说上一句话。

父亲的工作总是很忙，一大清早便出门去了，直到日落西山才回家。偶尔休息时，也总是伏在大书桌上写着什么，戴着他那副镜片厚厚的眼镜。父亲书架上的书对顾城来说很神圣，父亲说过，等他长到有穿衣镜那么高的时候就可以看那里的书了。这让顾城多了一个烦恼：担心自己长得不够快。

很多年后，还有一些崇拜者以为“顾城”是笔名。其实顾城就是顾城。顾城、顾乡——姐弟俩的名字无不带着浓浓的诗意，作诗的人是他们的父亲——顾工。多年以后，回忆起刚刚成名后的儿子，顾工带着自豪与落寞两种复杂的心情如是说：“不过真奇怪，我的诗从来没有引起这么多年轻的挑战者和好事者；我的诗总在全国各个报刊的舒适的位置上舒适地安憩。”顾城的诗作并没有随父亲的风格，反而在顾城的光环下，顾老先生的诗作显得寂寞多了。其实，顾工老先生的诗作也非常优秀，不论是节奏的把控还是韵脚的选用，平仄回转，句读之间，每一个意象都蕴含着饱满的力量，读起来总能让人疲惫的精神为之一振。

心灵呵，心灵，
你就是诗人的谜语
你就是哲人的神鸟
你就是作家用神经的雷达
日夜探灵的奇珍异宝
你就是艺术家用透明的翅膀
梦寐中降落的神山仙坳

——节选自顾工《你可听到过心灵的呼啸》

顾城就是听着这样的小诗长大的。他作诗的才华是流淌在血液里的，然后又从笔尖流露了出来。

顾城是从什么时候开始写诗的呢，据父亲的回忆，顾城六岁时就开始作诗了，严格来说并不能算是写，仅仅是口述，再由姐姐帮他记在明信片上。那是一首打油诗一样的小短诗：“星星在闪耀，月亮在微笑。我的姐姐呵！等得爸爸回来了。”

杨　树

上学对顾城来说，也是跟打针吃药一路的事情，哭闹与祈祷全都无济于事。这个世界总是不尽如人意，它从不愿意跟一个小孩子讲条件。顾城似乎也明白了这个道理，他把失望放在心里面，终于还是背起了书包，踏上了去学校的路。

这个世界上的确有一些人生来就是不断与命运抗争的斗士，但顾城并非此类。他跟他小小的蚂蚁臣民们不一样，他柔软的触角伸出去，发现前面的路被挡住了，便呆立在原地不知所措。

跟其他的孩子们一样，顾城背着大大的书包，在上学、放学的路上来来回回，就这样度过了他再简单不过的童年。因为家庭的原因，从一年级到三年级，顾城不断转校，他不喜欢听课，其实这也是再自然不过的事情了。学校里学到的东西，都被剥皮去籽，压扁了挤碎了，好一口口地喂给孩子们吃，这对顾城来说食之无味，自然咽不下去。

在学校里，顾城并没有特别喜欢的老师，也没有老师注意这个沉默寡言的孩子。每天除了背那些没有生气的课文之外，顾城就望着窗外出神。毕竟他是属于外面那个世界的，那里有趣的东西太多了。在顾城心里，外面的世界，什么东西都有趣，唯独有一样，是顶无趣又可怖的，那就是人。

顾城怕生人，假如家里有远到的客人来访，顾城都会躲到屋子里不愿意出来。跟那么多陌生的孩子一起被关在一间大房子里，正对着房间前面挂着的那个好像要吃人似的大黑板，顾城的心里总是觉得不自在。学校里规定座位要按时更换，顾城也要定时跟一些爱骂人的孩子坐在一起了，一想到这个就让他心烦意乱。

不过学校里也有很友善的孩子。有一次，顾城看到一个受了委屈的同学哭了起来，他不知道怎么安慰他，就给人家讲起了他在小人书上看到的《三国演义》的故事，讲得同学们都围过来做起了听众。

讲故事，是顾城的最爱，也是顾城最擅长的了。为此，顾城还得了一个“故事”的雅号。那些复杂的情节，他似乎根本不需要去记。只消读过一遍，那些故事情节就如同飞驰的红蜻蜓，悄悄地都跑进他的小脑袋里去了。顾城似乎生来就懂得怎么去讲故事，他讲的故事比书里本来的故事还要有意思。姐姐顾乡曾说，不论何物，经过顾城的描述，就变得具有魔力了一般，让你甚至甘愿付出一切去得到它。

不管什么时候，只要顾城开始讲故事，就会有很多孩子围过来。看着每个人的眼睛都闪着光，脸上流露出向往的表情，陶醉在自己讲的故事里，顾城的心里说不出的受用。他觉得自己好像就是这个世界闪着光的正中心。

可是时间久了，顾城也不大喜欢这种感觉了。被这么多的人簇拥着，让顾城感觉非常不自在。只要他一开口，满教室里叽叽喳喳的孩子们就都一下子安静下来，那么多双眼睛齐刷刷地看向他，盯着他。

顾城一下子害怕起来，他想逃走，但他努力的忍住，小小的嘴角绷得紧紧的。可是有时候故事讲到一半，顾城突然觉得那种想逃的冲动一下子强烈起来，他突然就没有办法控制了。“然后呢？”“接下来怎么样了？”顾城被这些声音包围着，他不知道该怎么回答，他只有低下头，回避着那一双双会灼伤人的眼睛，他多想就地变成一只鸵鸟，好把自己的头深深地埋进自己的羽毛里，把所有的声音跟这个世界都关在外面。

然而对于故事的热爱给了他面对这个世界的更大勇气，掩藏在身体中那种渴望讲故事的冲动像愈燃愈炙的火，在安静地角落默默喷发。

回到家里之后，顾城喜欢坐在床上对着白墙讲故事。他不仅喜欢讲故事，还喜欢自己编故事。故事的主人公是一个叫布林的孩子。他不爱上学，喜欢爬树翻墙跟下河游泳。布林的身边发生了好多好多有趣的故事，他到树林里去探险，他会用鸟语跟鸟儿对话。顾城把这些故事都记在了小纸片上，还配上了诗和画。

与此同时，在学校里的顾城总是一个人默默的看着窗外，思忖着许许多多奇怪的问题，黄叶为什么会簌簌落下来，雨点儿滴在地上为什么会发出吧嗒的声音，为什么人要砍去杨树的枝干，要人家的臂膀能有什么好用处呢?

顾城想不出来。被砍去了臂膀的杨树还是那么笔直的矗立在那里，人们给它留下的伤疤越发如同一只睁开的眼，直勾勾地望着天上柔软的云。杨树也会觉得疼吗?顾城想了一会，决定了答案是会的，但是只会疼那么一下子。最重要的事儿是，为什么目及这一切都会让人感到鼻子一酸呢?

这样想着的时候，顾城的脑袋里常常就会冒出些诗句，他随手把那些诗句记下来，书本上，课桌上，到处都是顾城歪歪扭扭的字迹。

我失去了一只臂膀，

就睁开了一只眼睛。

——顾城《杨树》

每天放学是顾城最开心的时候，顾城在后来的自传文章《剪辑与生平》中这样写道：“放学铃一响，我就逃走了，逃到一个被称为‘后边’的地方，或是荒凉的城楼上，那里有小鱼，或黄昏时开始爬动的刺猬，草长得比我还高。只要靠近大自然，我就会快乐。”

每当顾城想出一首新的小诗，便会狂奔回家背给父亲听。在诗上，父亲是顾城的启蒙老师，也是顾城的第一个读者。多年以后，顾工老先生这样描述当时的情景：

“‘爸爸，爸爸，我又想出来一首诗，一首诗。’六岁的儿子顾城，每天从西直门小学放学回家，就沿着曲曲折折的楼梯，长长的通道，狂喜地狂叫着狂奔着，他推开房门直扑到我的面前。小小的心和心灵在剧烈地跳动，他大喘着气把他的诗念给我听：是塔松和雨珠的故事；是云朵和土地的对话；是瓢虫和蚂蚁的私语……我凝视着他那深藏梦幻的瞳仁，时惊时喜时忧患，六岁的瞳仁中也有忧患吗？是小白兔似的忧患，还是小花猫似的忧患……”

时间一天天过去，终于有一天，顾城再对着穿衣镜打量自己的时候，惊喜地发现自己终于比镜子要高了。顾城兴奋极了，因为这代表着，他终于可以读父亲书柜上的那些书了。它们就在那里静静地等待着顾城，它们已经等待了那么久，迫不及待地想被这个小诗人翻开，跟他成为好朋友。

大自然，你好哇

顾城写于 1964 年的《松塔》可以算是他第一首佳作。

> 松枝上，露滴晶光闪亮，好像绿漆的宝塔，挂满银铃铛。
>
> ——顾城《松塔》

这首诗就像一个不需要情节的童话故事，具有让人心醉的魔力。它让读诗的人恍惚间觉得，自己真的是从一个八岁孩子的眼睛里向外面的世界张望着。

1966 年，顾城读三年级。“文化大革命”像一股狂风一般卷来，到处都贴满了标语，学校变成了红色的海洋。孩子们兴奋得不得了，老师们也开始陷入谜一样的亢奋状态中。

那些枯燥的课文终于被丢在了一边，停课的时候，父亲的大书柜成了顾城的乐园，在这里他第一次读到了安徒生的童话，冰雪女王，拇指姑娘，小锡兵，这可比姐姐的小人书更有趣。

洛尔迦，惠特曼，还有普希金，顾城好奇地看着这些奇怪的人名，忍不住翻开书读起来。为什么这些人说话前言不搭后语，为什么他们写的诗这样地古怪。一定是出了什么岔子，这些奇怪的话才会被印到书上。不过这都是大人的事情，顾城想着，又把它们放在一边，转头去看他的童话书了。顾城沉浸在童话的世界里，常常忘却了时间，他实在太喜欢这种可以自由自在的读书的日子了。

可是在那个时代，留给一个孩子的读书时光也是奢侈的。

随着外面的世界一天天地聒噪起来，小小的顾城目睹了书里不曾描写过的可怕场景。有一天，街对面有一个贴标语的人，他把标语贴反了，这一失误马上被周围的人们注意到了，人群一下子炸了锅，没等那个人解释几句，他便被打翻在地，血流出来了，有人慌了，可没有人敢喊停手，好像还存在着什么更让人害怕的事情似的。停顿了那么一下，又有人对伤者拳脚相加，于是人们又一次一拥而上。

透过大书柜旁的窗子，顾城看到了这一切，瘦小的身体感到一阵彻骨的寒意，手中的书本砰地一声掉在地上。终于人群散了，母亲抱走了吓呆的顾城。在母亲怀里的顾城终于忍不住哭了出来，母亲只是轻轻拍着他的后背，轻轻地叹了口气，什么也没有解释。

好像只一个晚上的时间，整个世界像是被施了奇怪的咒语。人们突然就分成了几类，每一类里又分成了不同的派。人们互相对立，攻击，从“文斗”到“武斗”，再到上百人的“械斗”。那些被贴上“好成分”标签的人们，仿佛都觉得自己生活在人类有史以来最伟大的时代似的，走起路来昂首挺胸，似乎随时准备骑上马扛起枪去征服全世界。其余那些成分不好的人呢，就好像犯了极大的罪过，只能低着头，唯唯诺诺地靠着路边走，生怕打个喷嚏都会被别人从人群里揪出来似的。

父亲将书柜腾空了，书都被锁进了大箱子里，顾城默默地望着父亲严峻的脸，虽然他心里千万般的不愿意，可是他隐隐地感觉到了父亲的不得已。

没过多久，革命的洪浪一步一步逼近顾家。锁进箱子里的书终于被破门而入的红卫兵们发现了，一阵混乱过后，顾城甚至都没来得及跟这些书籍朋友们一一告别，装着书籍的箱子就被收缴了，这些书满满装了四麻袋。除了一本顾城正在看的《昆虫记》。

军宣队的队员本来也想带走这本书的，可本来内向又安静的顾城竟突然一掌拍在书上，眼睛里满是怒气。一旁的姐姐吓出了一身冷汗。没成想几个军宣队员面面相觑，竟就这样走了。

顾城实在不明白，好端端地，为什么拇指姑娘跟小美人鱼就变成了毒草。读书怎么就成了天大的不是，什么又是“可以被教育好的子女”。在顾城保护下劫后余生的《昆虫记》，顺理成章地成了顾城唯一的读物。顾城沉浸其中，跟随着法布尔的笔触，似乎自己也变成了拇指般大小，与花草为伴，与蟋蟀为伍。顾城惊叹于造物主的神奇，这些不盈寸的小生灵，它们的身体结构却像经过了无比精密地设计。翅膀，触角，每一个小小的“零件”都像一件精致的工艺品。

在大自然中，顾城可以暂时将外面纷乱的世界忘却掉，而正当他沉迷于抄写拉丁文的昆虫学名跟制作昆虫标本，肆意的幻想研究一辈子的昆虫分类学时，却又再一次复课了。就这样，停课复课，停课复课的循环终于被打断了——就在 1969 年，因为全家被下放到山东的一个小山村，顾城短暂的学生生涯就这样结束了。

刚开始知道全家要被下放到山东昌邑的消息，顾城心里暗暗的窃喜起来，真好，不必上中学了，顾城心里的一块大石头放下了，走起路也蹦蹦跳跳起来，可以到乡下去了，可以远离纷繁的政治，到自由自在的大自然里去了。

卷二

小小少年身着灰衣

灰　烬

经过一路的颠簸，终于来到了目的地。

这是一个叫作火道的小村庄，当从卡车上下来的那一刻，顾城那颗狂喜的心便凉了下来。出现在顾城眼前的，并非他心心念念的世外桃源，这里只有破旧的茅草房，灰黄的土墙，和空气中弥漫着的牲畜的粪便味道。远处是一望无际的滩涂。这里没有花草，也没有池塘。只有滩涂上拍打着翅膀的水鸟，大片的杨树和漫无边际的盐碱地。

顾城就在这里度过了他少年时代的四年，在普通人看来，这四年远远不能称为美好，但在这四年里，生活用它粗糙的手掌将顾城从一个稚嫩的孩童磨砺成了一个结实的少年。

在刚到火道的这一年，万念俱灰的顾城曾写下这样一首小诗：

我在幻想着，

幻想在破灭着；

幻想总把破灭宽恕，

破灭却从不把幻想放过。

——顾城《我的幻想》

年少的顾城并没有办法理解复杂的政治。对于生活环境巨大的变化，这个脆弱而敏感的孩子一度觉得自己被抛弃了，被人民，被祖国，被这个世界抛弃了。顾城觉得自己像个被流放的异类，他怕极了。这里的一切都是泥土色的，房子的墙，人们身上的衣服，还有一望无际的盐碱地。

村里的人们操着顾城听不懂的口音，他们不来接近顾城，顾城也不敢靠近他们。孤独像是要将他一口一口地吞噬，顾城现在是那么渴望见到那些围着他听故事的伙伴们，他甚至开始想念那些会骂人的孩子们，要是能再回北京去该多好。

那时的顾城，陷入了深深的绝望之中。

十三岁的孩子，一度绝望地以为自己一辈子都将生活在这个叫作火道的小村落里，终其一生游荡在无边无际的荒滩上，劈柴养猪，变成一个地地道道的庄稼汉。前一天，他还是那个无忧无虑的小男孩，而短短一夜的时间，他便被要求长大了。

在这个年代，所有的文艺都是为政治服务的，那些表达个人情感的诗歌都是落后的，是要被批判的，姐姐的小人书，父亲的大书柜，他的诗，连同他所有对未来的幻想与梦，都随着风被无情的抛进了火堆里，就这样变成了灰烬。

无知成了最大的好处，美丽的诗歌成了罪证。这个世界为什么总是有这么多不合情理的事情呢？顾城怎么也想不明白。美终成灰烬，或许这就是这个世界的道理吧。顾城觉得自己的一生就是这样了。

但就是在这个潍河边的小地方生活的短短四年，影响了其后顾城一生的创作。

这里的天放肆的蓝，草长得比北京的野，太阳比北京的毒，连蚊子都大得比北京的吓人，乡野的风，粗粝地吹过少年的脸庞。这里将一切城市所不能给的东西都给了顾城，顾城仿佛冲破了一层厚厚的茧，他的创作也像昌邑的风，潍河的水一样，无拘无束了起来。

在这里，没有法布尔也没有安徒生，生存就是顾城唯一的老师。成长的过程无一不是痛苦的，但这是个不需要眼泪的地方。顾城将他的绝望深深埋在了心底，就这样，开始了他放猪与拾荒的课程。

“我是一个放猪的孩子，没有受过教育。”多年以后的顾城这样回忆着他在昌邑的时光，“我是一个在盐碱滩上长大的孩子，那里的天地是完美的，是完美的正圆形。没有山，没有树，甚至没有人造的几何体——房屋。当我在走我想象的路时，天地间只有我和一种淡紫色的小草……”

顾城就这样，活在现实与想象的裂缝中。

白天，他跟着父亲一起劳动，饱尝着不属于这个年龄的艰辛。在这里，劳动是一种惩罚的手段。生活的艰辛也许可以将一个人的双手磨出茧子，也许可以将一个人的脊梁压弯，它甚至可以改变一个人的心性，可是它却无法改变顾城血液里那股对于大自然与诗的热爱。

一天辛苦的劳动过后，顾城躺在木板床上，他浑身的骨头似乎都要散架了，他的脸颊干疼，他的脊背火辣。但顾城却久久无法入睡，他听着酣睡的父亲轻轻的鼾声，度过了无数个不眠的夜晚。

在每一个迷蒙的夜色下，窗外的知了叫着，月光透过窗温柔地抚慰着顾城疲惫的身躯，顾城闭着眼睛，呼吸着旷野送来的泥土清香，回想着黄昏荒滩上那满天的流云，风吹过，云散了开去，赤橙黄绿蓝靛紫。他将脑海中的诗句随意的涂抹在墙上，于是那些诗句也如同天上的流云般梦幻灵动了起来。

从遥远的西天，从余霞中间，

飞来一片枫叶，飞来一朵火焰。

我把它拾起，作为永久的留念。

——顾城《留念（一）》

生命狂想曲

每天清晨天还黑着，顾城便要跟父亲起来喂猪了。迎着清晨湿冷的风，顾城与父亲要走到离村子不远的滩涂上割草料，弯弯的镰刀上沾满了青草汁，细雨飘飘，清香满怀。

回到村子里，要开始拌饲料跟烧饲料。边烧饲料，边与父亲在灶边聊天，这就是顾城的文学创作课。顾城跟父亲对诗，再随手用烧焦的树枝做炭墨笔，将琢磨好的诗句一笔一画地写在地上，灰烬映着诗句，少年的脸庞映着火光。

多年以后，顾工老先生在文章中这样回忆当时的情景："我每天和小小的儿子一起拌猪饲料，烧猪食。那土灶的柴火烧红着不透明的早晨，和我们父子灰暗的脸。儿子借着灶口闪烁不定的火光，翻看着一本残破的《洛尔加诗选》，不知为什么这位西班牙意象派诗人的诗，竟会使这和我一起被放逐的孩子，产生这样浓烈的兴趣。儿子抬起有星云流动的大眼睛说：'爸爸，我和你对诗好吗？我读过你的诗，你有首诗题目是《黄埔江畔》，我想对首《渤海滩头》；你还有首叫《芦苇中的雁》，我想对首《沼泽里的鱼》。’我深深感动，暗暗惊喜：世界上已经没人再会想起我的诗；而儿子却记得，记得。”

于是，父子俩真的对起诗来，一首又一首，把每首即兴诗，都用烧焦的枯枝写在灰烬上。“儿子低声说：‘火焰是我们唯一的读者。’”

火焰是我们唯一的读者。后来，年少的顾城将这句话刻在了灶台上。

烧好猪食，然后将一桶桶热乎乎的早餐倒进槽里，猪圈里的猪早就乱起来，呼噜噜地叫着挤在槽边，那头总是争抢在最前面的，顾城给它起名叫“饿死鬼”，那头体格最壮，雄赳赳气昂昂的是“八百罗汉”，那头总是窝在角落里垂头丧气的是“老病号”……顾城跟父亲饶有兴趣地看着它们争食儿的滑稽样，间或相视一笑。喂猪的这段时间就是他们父子俩一天中最开怀的时刻了。

时间久了，这些猪看见顾城便哼哼唧唧地叫起来，很亲近的样子。顾城也开始习惯了乡村的清苦生活。比起生活的艰辛，精神上的匮乏更让顾城失落，一次偶尔的机会，顾城得到了一本唐诗集，他如获至宝，将这一本书翻来覆去地看。

顾城的格律诗创作，也许就是启蒙于这本破旧的唐诗集吧。几年以后离开火道时，顾城已经写就了两本诗集，一本是我们熟知的自由体诗集——《无名的小花》，而另一本诗集就收录了他所写的格律诗，顾城给诗集起名叫《白云梦》。

这是个困难的年代，连人都吃不饱，更别提畜生了。猪的饲料总是不够吃，顾城发愁得紧。看着他的宝贝猪们一个个都饿出了猴样，一个个上蹿下跳，甚至互相撕咬开了。看着伤痕累累的“饿死鬼”们，顾城的心里生出一股股的悲凉来。

同类相食，怕是这个世界上最残酷的事情了吧。“本是同根生，相煎何太急。”猪可听不懂诗句，它们看一眼猪圈外面红了眼圈的顾城，便又低下头，一边忙着撕扯同类的尾巴跟耳朵，一边从喉咙里发出低沉的咕哝声。看不下去的父亲跟顾城只有打开圈门，将饿极了的猪带到荒滩上，让它们自食其力。

初夏的阳光照耀着远处隐隐可见的海。旷野，砂砾，野草根，萝卜叶，红薯根，几十头饥肠辘辘的猪四散开来，专心地寻觅着美食，整片荒滩上回荡着哼哧哼哧的交响曲。顾城就躺在荒滩上静静地读他的唐诗集。

日子一天天地过去，天气也越发热起来了。盛夏的中午，艳阳高照，远处的绿色也茂盛起来，耳边隐约响起了蝉鸣般的聒噪声。猪们还在努力地吃着食儿，顾城就跟父亲跳进河里游泳，在这即将汇入大海的河流里，似乎暗含着一股无穷的力量，让徜徉其中的顾城精神也为之一振。

游累了，顾城就躺在潍河边的沙滩上晒着太阳，眯着眼睛看远处的海——当然还得时时留心看着近处的猪。闭上眼睛，顾城的思绪常常飞得很远，飞到很远的异地，也飞到很远的未来。

身下的砂砾所具有的触感是那样的真实，在广垠的宇宙中，顾城也化作了一粒沙。他闪着光，在银河中随风飘摇着。风将他带到每一个地方，每一个地方都有沙，每一个地方都是沙。

顾城开始思考生命这个词所具有的重量，他心中一直以来那种被流放被抛弃的绝望感奇异般地消失了——似乎就这样毫无预兆地化作了砂砾，随风飞散了。顾城心中的灰烬里，终于还是开出无名的小花来了。

阳光火辣，晒得黝黑的顾城就在这片细碎的砂砾上，用手指写下了一首诗。这是他的第一首代表作，六十多行的长诗——《生命狂想曲》。

把我的幻影和梦，放在狭长的贝壳里。

柳枝编成的船篷，还旋绕着夏蝉的长鸣。

拉紧桅绳，风吹起晨雾的帆，我开航了。

没有目的，在蓝天中荡漾，让阳光的瀑布，洗黑我的皮肤。

太阳是我的纤夫，它拉着我，

用强光的绳索一步步，走完十二小时的路途。

——选自顾城《生命狂想曲》

卷三

讲故事的人

螺丝钉

时间的指针飞快地转到了 1972 年。

随着林彪出逃，时局在悄然扭转，国家的政策作出了相应的调整。普通家庭的命运也在这个关节点上悄然扭转，顾城一家终于看到了希望的曙光。

这一年，顾城随着父亲离开了火道，从蓬莱到济南都留下了他们的足迹，可是辗转之后不久又因为一些“遗留问题”被遣回火道。一种问题的解决，又伴随着另一种新问题的产生。就这样，顾城一家在三地之间转辗个不停，这期间，顾城还被安排到济南军区的宣传部工作过。也是在这时期，顾城开始自学画画了。铅笔在纸上画过时所发出的沙沙声让顾城迷醉。那一幅幅稚拙而难懂的画，就是顾城梦想中的平稳安乐的伊甸园。

1974 年夏天，顾城终于回到了他朝思暮想的北京，带着他的诗集跟几盒昆虫标本。

北京城里漫天遍地的传单跟小册子飞向了顾城，无处不在的高音喇叭不断地刺激着顾城的心。顾城抵触着一切，可周遭的一切都以一种不可置否的姿态挟卷着他的生活。他觉得自己就跟压在标本里的昆虫一般被钉住了手脚。

他躲开姐姐，躲开那些所谓的革命战友，一个人在屋顶上读诗，洛尔迦，惠特曼。这些幼时无法理解的诗集，现在读起来却那样的发人深省，顾城如梦初醒。他就像洛尔迦笔下的哑童般孤独而又固执地寻找着自己被偷走的声音。顾城知道，自己必须要做些什么。

1976年清明，顾城在天安门广场参加了悼念周恩来总理，反对“四人帮”的“四五运动”，“云水苍茫意未平，中霄起坐恸无声。诗心一点寒梅血，独吊重霄万古灵”。（选自《天安门诗抄》）

面对人们高举的左手，面对数万同样热血的革命青年，顾城的心沸腾了，诗开始说真话了！被人群撞倒的顾城挣扎着站起来，他将手举到胸口的位置，立下豪言壮语：“我要写！一生都不够！”

就在这之后，顾城写下了一首《白昼的月亮》：

我愿作一枚白昼的月亮，不求眩目的荣华，不淆世俗的潮浪……

这首诗与顾城之前的诗相比，诗风发生了明显的变化。顾城自此投入了社会性作品的创作，他开始大量地投稿，每当获得一笔稿费，顾城都兴奋极了，他把他的眼光从大自然跟小生灵中暂时地抽离出来，投向了更广阔的地方。“慨当以慷，忧思难忘。”正如当时无数的热血青年一样，顾城的灵魂中也印上了一份沉甸甸的家国情怀。

在一个偶然的机会下，顾城读到了一本宣传辩证法的小册子，他年轻的心被深深地刺激到了，他开始相信这个世界上有真理，他黝黑的瞳仁里闪烁着少年应有的蓬勃朝气。一想到要为崇高的共产主义事业贡献出自己的一生，顾城心里满都是劲儿，他要成为一颗社会主义的螺丝钉。

此时，高考制度还没有恢复，城里的青年们想要求进步，最好的出路就是去做工人，顾城进了街道的作坊，拼命地做起一颗发光发亮的螺丝钉来。

他被借调去做油漆工、翻糖工、搬运工，还有木匠。在北京寒冷的冬天，顾城光着上半身在大街上做木工，他推动木刨，像船桨划过水面，那刨下的木花是浪花，他的眼睛里闪耀着温暖的光芒。顾工老先生这样回忆着当时满腔热血的顾城：

“他比时钟更紧张，更匆忙。他去街道服务所里服务，什么苦活、脏活、累得死去活来的活，他都争着抢着一马当先地去干。掏阴沟，爬到楼顶去刮铁锈，拉大锯，刨树根，油漆各种家具，去高温的熔炉旁边拌糖浆……”

这时候的顾城也开始在《北京文艺》《山东文艺》《少年文艺》《北京日报》等报刊上发表一些零星的文章，他也开始尝试着创作童话寓言诗。

在透湿透湿的世界上，有一个大殿很高。殿檐下有一鸟窝，窝里温暖而干燥。

主人是一只小鸟，正在梳理羽毛，下面飞着几只蜻蜓，使积水微微闪耀。

小鸟偶然俯瞰水影，忽然发现自己渺小；大殿上好像有只蚂蚁，在向下探头探脑。

“天哪！这是我吗？难道？”小鸟开始万分苦恼。它竭力昂首挺胸，对比也没有改变分毫。

小鸟开始哭哭啼啼，蜻蜓只好赶来劝告。当小鸟说了伤心的原因，蜻蜓不免微微一笑。

蜻蜓扒在小鸟的耳边，告诉它一个绝招：你只要如此如此，大殿就能变成蚁巢。

小鸟虽有点半信半疑，但还是愿意瞧瞧。它飞出可爱的小窝，把一块最小的积水寻找。

终于找到了——大小就像核桃。小鸟站稳脚跟，就开始和大殿对照。

“哈，真可笑，可笑！我一展翅就把大殿遮掉。”骤然伟大的小鸟，跳起了节日舞蹈。

“谁说我曾在那儿居住？呸！全是造谣，造谣！就是十根圆柱，都难比我一根羽毛！”

在透湿透湿的世界上，有一只透湿的小鸟。它再不能回窝了，由于伟大的自豪。

——顾城《小鸟伟大记》

透过这些童话般的寓言诗，我们似乎看得到顾城那颗灵动而透明的心。像这样的童话寓言诗，此后顾城还写了很多。这无疑是受到他幼时喜爱的安徒生的影响，顾城称安徒生为“我的尊师”，他在诗中这样写道：“你运载着一个天国，运载着花和梦的气球，所有纯美的童心，都是你的港口。”（顾城《给我的尊师安徒生》）可以说，顾城的童话寓言诗之所以会取得成功，大多得归功于他深厚的幼功。

到后来，舒婷称他为“童话诗人”，顾城也没有跳出来反驳，算是默领了这顶帽子。其实在顾城的创作中，童话寓言诗并不能算是最优秀的那一类。对于童话寓言诗，顾城曾这样解释过：“我写童话寓言，本无深意，若有归论，也非定理，只是把那些让人麻烦的念头一股脑的交给鸟兽木偶，让它们像人那样过过生活。”

回到北京的这几年时间，也许并没有给顾城的创作生涯增加多少代表作，但却是顾城一生中最阳光灿烂的一段岁月。

年少的顾城热爱着他所做的一切，那个忧伤而柔弱的孩子似乎已经彻底地从他的生命中消失，他已然蜕变成一个乐观进取、又红又专的热血青年了。这个时期，顾城的诗也染上一股时代共鸣的味道。

你曾长在高高的树梢，

现在却甘作小草的肥料，

如果谁都像你那样无私，

来年的春天一定美好。

——顾城《落叶》

于现在的我们看来，这些诗或许在艺术上显得粗糙，在内涵上略显空洞，但是透过它们，我们还是能看到那时年少的顾城，他那闪着光芒的脸庞，还有那颗跳动着的热忱的心脏。

金色的鸟

可故事并没有就此顺利地发展下去，在半年的借调，复又半年的借调中，时间如白驹过隙般匆匆逝去，顾城却因为所有制的问题始终无法成为一名正式工人。

阅历的增加反而使他渐渐看清了这个表面欣欣向荣的社会下所涌动着的暗流。功利与现实，一盆盆冷水浇向顾城，他心里的那股横冲直撞的革命热情渐渐冷下来了。

顾城渐渐看不到自己的方向，性格里的阴影又从四面八方重新聚集到了一起，无所适从的他甚至自杀过。但是没能死成，只不过手腕上多了条丑陋的疤痕。空气中看不见摸不着的湿气包裹着他，昔日那颗闪亮的螺丝钉开始慢慢生锈了。

虽然工作繁碎而忙碌，但顾城还是利用空闲的时间写起诗来。他参加了一些诗社，其中就有北京西城区文化馆业余文学创作组。

在这里，顾城认识了不少同样喜欢诗歌的朋友。但顾城从不参与他们激烈的讨论，偶尔发言也是轻声细语，像是自言自语。在他的眼中，诗歌的世界注定是舔舐孤独的。那些灯红酒绿的喧闹世界，那些面红耳赤的无为争执，亦将与己无关。不善交际的顾城唯一令人印象深刻的，就是他偶尔会动情地大声朗诵自己的诗歌。

1979 年 3 月，西城区文化馆创办不久的小报《蒲公英》以《无名的小花》为题，发表了几首顾城写于火道的诗歌，其中就有他用手指写在沙滩上的那首《生命幻想曲》。

小报发行后，引起了很大的反响，首印的 5 万份很快被抢购一空，其后《蒲公英》又连载了两期《无名的小花》诗集中的诗歌。顾城这个名字，开始出现在公众的视线中了。

1978 年退职政策刚一颁布时，顾城就申请了退职。可他的退职申请一直拖至 1979 的初夏也没有收到处理结果。就在这时，正处在低潮期的顾城接到一个来自重庆的新兴文化活动发来的邀请，他递了假条，没等批复便径自离开北京，只身去了重庆。

活动一直从 5 月开到 6 月，活动间隙，顾城就在重庆城区四处闲逛。山城迤逦的风光与诸多的革命圣地带给了顾城无数的灵感，他开始大量地创作，有时一天能写上十几首。就在顾城参观了歌乐山脚下的白公馆与渣滓洞后，他那颗善良敏感的心被深深地刺痛了。当看到小萝卜头图画本上可爱的小鹿，他的眼泪无声地落了下来。在这里，顾城写下了《歌乐山诗组》，这组诗后来刊发在了十月号《诗刊》上。

但真正让他陷入长久沉默的，是荒草与杂木中那大片的红卫兵墓地，时间仿佛停滞在这里了，只有永不停歇的鸟儿叫得热闹。一年后，顾城反思“文革”，回忆当日的感触，写下了一组诗《永别了，墓地》。

模糊的小路，使我来到，你们中间。

像一缕被遗漏的阳光，和高大的草，和矮小的树，站在一起。

我不代表历史，不代表那最高处，发出的声音。

我来了，只因为我的年龄。

你们交错地，倒在地下。含着愉快的泪水，握着想象的枪。

你们的手指，依然洁净。只翻开过课本，和英雄故事。

也许出于一个，共同的习惯。在最后一页，你们画下了自己。

现在我的心页中，再没有描摹。

它反潮了。被叶尖上，蓝色的露水所打湿。

在展开时，我不能用钢笔，我不能用毛笔。

我只能用生命里，最柔软的呼吸。

画下一片，值得猜测的痕迹。

——顾城《永别了，墓地》

面对脚下横陈着的这些曾经鲜活过的年轻躯体，顾城仿佛是从一场噩梦中突然惊醒过来。刹那间，他内心难以言表的强烈震颤涌上来，竟使他微微颤抖起来。长久以来压抑着的苦闷一下子迸发出来，洪水般将顾城逼回了他的小世界里。绳子一拉，顾城身后喧嚣而热闹的都市景象像幕布般轰然落下，取而代之的是其后茂盛而幽谧的竹林流水。

或许顾城本来就不属于城市，他是属于大自然和诗的，他也只有在大自然的怀抱里才自在。他嗅得到满地青草的芬芳，他听得懂鸟儿们的邀请。他张开臂膀，那臂膀就化成了枝，他的脚生了根，风似乎就那么从他的身体中间呼啸而过，顾城心里说不出的感动。

顾城融化了，但顾城并没有消失，并且好像变得更顾城了。阳光洒下来，顾城似乎看到了满树金色的鸟，就连他自己的背后似乎也萌出了金色的羽毛来了。

最初的呼喊和血是美丽的，

但随后浮现出来的依旧是无情的天宇——天道无情。

尘世的运行，轻轻地压碎了它。

——顾城《金色的鸟落在我面前》

金色的鸟儿落在顾城的面前。诗，回来了。

黑眼睛

回到北京的顾城开始疯狂地读起书来。

哲学、美学、心理、历史、古今中外，他如饥似渴地阅读他所能找到的一切书籍，恨不得钻进书本里去，似乎是下了好大的决心，要把以前丢失的时间都补回来。顾城的床头放着一本厚厚的辞海，每天晚上睡觉前他都要翻看几页。后来顾城将这段时期的自己称为“文化的我”。什么是“文化的我”呢，顾城在一次采访中这样解释了这个名词：

“这个‘我’与当时能和我在精神上相通的‘我们’合为一个整体。在这个整体中，我同时在汲取中国传统文化和西方文化的营养。当时中国大地上流行着强烈的寻找‘自我’的呼声。《我是一个任性的孩子》是这个时期的代表作。这个时期我写的诗有很强的人的、心理的、甚至社会的色彩。我开始从人的角度评价这个世界。我注重对人说话。”

后来，在《我是一个任性的孩子》中，他这样写道：

我是一个任性的孩子，我想涂去一切不幸。

我想在大地上，画满窗子。让所有习惯黑暗的眼睛，都习惯光明。

这首诗一经发表就引起了轰动，尤其是在青年学生之中广为传颂。《我是一个任性的孩子》这首诗能在当时踩着时代的尾巴，引发如此大的共鸣，有着极深的现实背景。“文革”后的整个社会都笼罩在一种焦虑而茫然的气氛下，被关在大房子里十年之久的人们也在不断地发问，就像渴望新鲜空气的困鸟不断地撞击着门窗，追逐着那“笨拙的自由”。

这首诗唤起了每个人心中那份对于美好的向往，在顾城心里，那房子外面的未来，就如同一位梦幻般美丽的姑娘，“她没有见过阴云，她的眼睛是晴空的颜色”。顾城称自己是一个“任性的孩子”，但这份任性何尝不是所有中国人所拥有与渴望拥有的呢？

“我是一个任性的孩子，我想涂去一切不幸。我想在大地上，画满窗子。让所有习惯黑暗的眼睛，都习惯光明。”不幸、大地、黑暗，对应着涂去、窗子、光明，顾城将诗歌深刻的内在出之于稚拙的意象。

诗行中，孩童般纯真的想象背后隐藏着一个成年人、一个社会人所该有的那份担当与责任，但这一切都处理得不着痕迹。其实诗写到这里已经算是完整了。

可顾城并没有在这里收笔，他接着给这首诗灌入了铅一般沉重的忧伤：“不知为什么，我没有领到蜡笔，没有得到一个彩色的时刻。我只有我，我的手指和创痛，只有撕碎那一张张，心爱的白纸。让它们去寻找蝴蝶，让它们从今天消失。”

理想的落空与随之而来的惶惑和不安，亦正是每一个人手指与心间真真切切的创痛。可，这又怎么样呢，在追随美的道路上，撕碎心爱的白纸正是为了让它们去寻找蝴蝶啊。在顾城笔下，消失似乎将会以另一种形式追逐存在，毁灭得到了永生。

诗结尾处简单又倔强的再次重复：“我是一个孩子，一个被幻想妈妈宠坏的孩子，我任性。”短短的一句话，却如此有力。这诗行背后那个任性又固执的孩子正是顾城与他那一代中国青年的剪影，字里行间的意涵不由自主地厚重了起来。

与此同时，他那在半梦半醒的迷蒙状态下写诗的习惯也一直保留了下来。

据顾工老先生的回忆，顾城的《一代人》也是顾城摸着黑涂记在床头墙上的。这一首仅仅十八个字的小诗，是顾城最广为流传也最受盛赞的一首诗，据说就连在围攻朦胧诗的时候，对顾城批判得最猛烈的人，对这首诗也不由得加以称赞。

黑夜给了我黑色的眼睛，我却用它寻找光明。

——顾城《一代人》

对于我们这代人来说，读《一代人》所带来的触动，也许远不及上一辈人了。但透过长久的岁月，这首诗所投射到今天的那么一星半点微弱的光线，也足够赚得我们的拳头紧握，心潮澎湃了。

远与近

朦胧诗——这是70年代末到80年代初的诗坛上，不得不提的一个名词。

在起初的争议与批评声中，朦胧诗这一崛起的诗群反倒越挫越勇，在短短几年时间里，势不可当地占据了诗坛的主流。“卑鄙是卑鄙者的通行证，高尚是高尚者的墓志铭”，“朋友，坚定地相信未来吧”，正是这些诗句，激励了无数黑暗中前行着的年轻的人们。

在整个当代文学史上，《今天》杂志无疑留下了浓墨重彩的一笔。

《今天》创刊于1978年，被公认为朦胧诗的摇篮，也是当时朦胧诗派的主阵地，在它周围凝聚了一大批年青诗人，北岛、舒婷、食指、芒克、多多。他们的诗注重表达主观感受，从个人心灵出发，在表现手法上也广泛运用象征、隐喻与通感。这类充满着现代意识的诗歌，为死气沉沉的中国诗坛注入了一剂强心针，从朦胧诗出现伊始，这种新的“美学原则”就饱受争议。1980年8月，《诗刊》刊发了一篇名为《令人气闷的“朦胧”》的文章批评这类诗歌“读不懂”，“朦胧诗”也由此得名。

顾城第一次接触到《今天》是在1978年年底。那是一次偶然的机会，顾城看到了张贴在西单体育场外墙上的《今天》创刊号，顾城被上面的诗歌深深地打动了。朝思暮念的诗歌在此处发现，原来这个世界上，真的还有一群跟自己一样的人。

后来，在姐姐顾乡的介绍下，顾城还到《今天》编辑部拜访了北岛跟芒克。经过不断的尝试，终于在1980年的4月，顾城用“古城”的署名，第一次在《今天》上发表了几首小诗。

同年10月，公刘老前辈也在《星星》上发表了一篇名为《从顾城同志的几首诗谈起》的文章，对顾城在《蒲公英》上发表的诗歌作品大加赞赏。自此，顾城在诗坛崭露头角，在各类文章中也被作为朦胧派的代表诗人提及。

一直以来，顾城的名字后面总是紧紧跟着朦胧诗派代表作家的标签。但其实，至少在朦胧诗最盛行的这几年中，顾城并非我们想象中的那么“朦胧”。1980年年底，《诗刊》刊登了顾城的两首诗，其中有一首就是《远与近》：

你，一会看我，一会看云。

我觉得，你看我时很远，你看云时很近。

明白如话的用词与简单的意象。由于富有哲理意味，这首隽永的小诗还曾经入选过小学的语文课本。当时这首《远与近》被理所当然地归到了朦胧诗的范畴内。可是假如以“读不懂”来定义朦胧诗的话，这首诗能否算入其类都还是一个问题。

至少，跟其他同时代大力创作朦胧诗的前辈相比，顾城的诗并没有刻意去追求所谓“新的美学原则”，顾城似乎并没有将自己托大到先锋的位置上，他觉得好觉得美，他就这么写了。至于朦胧与否，写诗时的顾城是无暇去顾及也不愿去顾及的。

同样是在1980年，顾城与父亲联名出版了一本名为《雪山恩仇记》的连环画长篇配诗册。这本书的扉页上清楚地写着：原著：顾工；配诗：顾城。顾城究竟为父亲的画创作了怎样的配诗呢。

万里程呵万里程，来了多少接班人。

脚步隆隆破险关，翅翼闪闪过蓝空。

红军战歌更雄壮，长征大旗更鲜红。

天宽地阔看未来，无限美景浴春风。

我们好像很难将这首红色诗歌与写下了“黑夜给了我黑色的眼睛”的顾城联系起来。但似乎顾城并非是那种为了诗界革命而大力创作朦胧诗的诗人，在象征、隐喻、通感这类修辞手法的运用上，顾城也似乎仅仅是为了“趁自己的方便”。

或者说，顾城被列为朦胧诗的代表诗人本身就是一个巧合。顾城是一个跟随自己的灵魂而创作的诗人，他的诗作创作种类繁杂，不可足一而谈。如果非要给顾城归一个类的话，早期的顾城大抵可以算一个“童话诗人”，然而这一切，也都在一个人的出现后，被烈火烹油似的改变了。

卷四

雷，我的恩

她的眼睛是晴空的颜色

1979 年 7 月，顾城从重庆到了上海，又经由上海乘上了开往北京的列车。就在这本应平凡的一场路途上，顾城遇到了谢烨。

那时顾城还不知道她的名字，只觉得这个亮得发光的姑娘耀得他头晕目眩。也就从这一刻开始，她的样子深深地刻在了顾城的心里，直到他呼吸停止的那一刻。或许呼吸停止前的那一刻，顾城还在心里默念着，假如没有遇见过她该多好。又或者，顾城默念的是，假如生命永远停留在遇见她那一瞬该多好。可时间的巨轮永远也不会回转过头，在四目交汇的那一刹，所有的一切都是注定好了的。七年后，已经跟谢烨结为夫妇的顾城这样回忆着：

“我们是在火车上认识的。在这以前我就感到了她——她在南方细细编结的薄瓦下安睡，手里拿着玩具，像百合一样光明；她是真实的我，长大，生活，使周围灰暗的世界变得洁净；她是真实的我，正向我走来，我们将在时间的某一点相遇，我灰色的翅膀为此变成眼泪。我知道，我有两次生命，一次还没有结束，另一次刚刚开始。后来在开往北方的火车上我就遇见了她。我们坐在一起，我一看见她就知道是她。她前额的光辉中透出我想象的印记，她是我想象的结果。之后过了四年，信像鸟一样飞来飞去，终于有一天停下来做了一个窝。我们结婚了，这个世界上多了个小小的家庭。

她给了我很多幸福的时刻，也给了我很多绝望的时刻。在清晰的绝望中，她更临近了我的想象。”

窗外的风景快速地向后倒退着，谢烨就那样静静地坐在顾城身边，像一尊洁白无瑕的雕像般美好，列车上一切的嘈杂都仿佛与她无关。她开口说话，她笑起来，她身上的气味轻轻吹拂过来，好闻极了。顾城的心里泛起了巨大的波澜，水花不断地卷了起来，打在顾城的脸颊上，却如同打在了烧红的焦炭上，只发出嘶拉的声响。

顾城不敢直视她，就拿出画夹来，给周围的人画像。自始至终他认真地画着，他眼神的余光只要一感受到了身旁投射来的注视，整个人就局促不安起来。时间过得漫长极了。终于熬到了火车上熄灯的时间。所有的人都睡去了。只剩下顾城与谢烨。究竟是谁先开口讲第一句“你好”的呢，顾城记不得了，他只记得他们从电影聊到诗，谢烨五官的棱角在昏暗中模糊起来，显得更加温柔了，顾城的头脑开始发晕。

这一夜过得太快了，窗外的黑暗中开始慢慢有光亮夹杂进来，火车快要到站了，想到将要跟谢烨分别，想到这一别，或许就再也无法在人海中觅到她了，顾城不禁愠怒起来，终于，他鼓足勇气，将自己的地址写在一张纸片上塞给了谢烨，就这样看着谢烨的背影消失在人群里。

后来，谢烨果真按地址找去了，还告知了顾城自己的地址与离开的日期。几天后，顾城在北京车站送别了要回上海的谢烨。自此，他们开始了通信。

顾城与谢烨留下的最初两封信里，清楚地记录下了他们初见的情景。

小烨：

买票的时候，我并没有看见你，按理说我们应该离得很近，因为我们的座位紧挨着。火车开动的时候，我看见你了吗？我和别人说话，好像在回避一个空间、一片清凉的树。

到南京站时，别人占了你的座位，你没有说话，就站在我身边。我忽然变得奇怪起来，也许是想站起来，但站了站却又坐下了。我开始感到你、你颈后飘动的细微的头发。我拿出画画的笔，画了老人和孩子、一对夫妇、坐在我对面满脸晦气的化工厂青年。我画了你身边每一个人，但却没有画你。我觉得你亮得耀眼，使我的目光无法停留。你对人笑，说上海话。我感到你身边的人全是你的亲人，你的妹妹、你的姥姥或者哥哥，我弄不清楚。

晚上，所有的人都睡了，你在我旁边没有睡，我们是怎么开始谈话的，我已经记不得了，只记得你用清楚的北京话回答，眼睛又大又美，深深的像是梦幻的鱼群，鼻线和嘴角有一种金属的光辉，我不知道该说些什么，就给你念起诗来，又说起电影又说起遥远的小时候的事。你看着我，回答我，每走一步都有回声。我完全忘记了刚刚几个小时之前我们还很陌生，甚至连一个礼貌的招呼都不能打。现在却能听着你的声音，穿过薄薄的世界走进你的声音，你的目光，走着却又不断回到此刻，我还在看你颈后的最淡的头发。

火车走着，进入早晨，太阳在海河上明晃晃升起来，我好像惊醒了，我站着，我知道此刻正在失去，再过一会儿你将成为永生的幻觉。你还在笑，我对你愤怒起来，我知道世界上有一个你活着，生长着比我更真实。我掏出纸片写下我的住址，车到站了你慢慢收拾行李，人向两边走去，我把地址给你就下了火车。

顾城

1979 年 7 月

顾城：

你是个怪人，照我爸爸的说法也许是个骗子，你把地址塞在我手里，样子礼貌又满含怒气。为了能去找你，我想了好多理由，我沿着长长的长着白杨树的道路走，轻轻敲了你的门，开门的是你母亲，她好像已经知道了我，就那么注意地看我。你走出来，好像还没睡醒，黑钢笔直接放在口袋里。你不该同我谈哲学，因为衣服上的墨迹惹人发笑，我想提醒你，又发现别的口袋同样有许多墨水的颜色，才知道这是你的习惯。我给你留下地址，还挺傻地告诉你我走的日子，离开那天你去送我，我们什么都没说，我们知道这是开始而不是告别。你会给我写信么？你说会的。写多少呢？你用手比了比，那厚度至少等于两部长篇小说。

小烨

1979 年 7 月

顾城没有说谎。自分别之后，四年间，他们写了 200 多封信。

书信像极了一条极细的线，拉扯着顾城与谢烨。谢烨在线那边的一举一动，虽然顾城都看不到，但是他却像是能感觉得到。她的孤独、她的热忱、她的喜怒、她的哀乐，他都能感受得到，好像不那么真切，却又好像比什么都真切。

谢烨那样地牵动着顾城，她那么懂他，他也那么懂她。距离远得让人害怕，顾城觉得自己渺小极了。假如这根线某天突然被剪断了，除了自己所能感到的小小震颤之外，旁的人一点也不会感到突兀。可是顾城不愿意失去她。这个姑娘仿佛代表了一切的美好。平日里羞怯的顾城不知为何，自然而然地写下了那些大胆的字句。当他将贴好邮票的信投进信箱时，似乎觉得自己的心也随之被投进了邮筒的细缝中。

谢桦的回信简直让顾城兴奋得想掀翻屋顶。他跳起来，他成了一只鸟，马上就要从北京飞到上海，飞到谢烨的窗前去给她唱歌，给她读诗，读自己写给她的诗。

1979 年 8 月 29 日，就在这一天，顾城不再是顾城了，他是谢烨的顾城了。他的心，他的灵魂，全部都献给了她。

Jack shall have Jill and all shall be well.

又见布林

谢烨像是一泓娟然的湖水，涟漪轻泛，生机勃勃，带给了顾城无穷的创作灵感。顾城不断地写着画着，写在纸片上，画在床头的墙上。在他半梦半醒的时刻里，他似乎又变成了那个不肯打针吃药、不愿去上学的孩子。他皱着眉，他打量着镜子里的自己，他开始幻想一个又一个的故事，突然，一个熟悉的名字闪现在他的脑子里——布林。这是他儿时幻想中的童话主人公。

喷涌而出的灵感将顾城带入了另一个熟悉而陌生的世界里。这里的一切都好像变了形，显得怪诞而又可爱。顾城的手拼命地写着，生怕漏掉脑子里一闪而过的场景。所有的诗歌技巧，朦胧诗也好，十四行诗也好，这些名词似乎也全都变了形，一个个被挤压得歪七扭八。

顾城似乎冲破了一层看不见的障壁，好似一颗宇宙中孤独的流星偶然划过了大气层，摩擦产生的热量燃起了火焰，他被点燃了，又似涅槃般感受到了新生。这眼前新奇的世界，令他感到了无比的惊喜与震撼。顾城一口气写下了五首《布林》。

所有到过雪山的人中，只有布林发现了公路。

虽然只有几米长，虽然长庚星在这儿，碰坏了牙齿。

这一切，并不妨碍。英国人，去死。

躺在路中间微笑，耳朵里长出兰树枝和新鲜的树叶，并且面色红润。

这是什么意思？

布林皱起眉头，终于想起，在九岁半时，曾在这里，避暑，种下一盒火柴。

它们发芽了，结出了，火柴头一样大小的浆果。英国人太馋，把它吃了。

这可真是个发现，也许，还算空前——火柴的果子有毒！

布林开始往山下走，走到牛粪堆成的喇嘛寺前，站住。

准备让人用腰刀，来抢劫这个秘密。

但没有成功，他只好，拚命地叹气。

用细铜缆拴住袜子，一直溜进深深的沼泽。

在那里，拖鞋们兴奋得大叫，变成了一群青蛙。

布林遇见了强盗，布林遇见了强盗，真正的强盗！

他是河溪里，大角怪的，子孙，一手拿着胡子，一手拿着刀。

他和布林，在褐煤的裂缝中间，砍来砍去，生生砍坏了，八个小时和一块手表。

后来，布林累了，就宣布：现在剧场休息。

强盗，就抓住了。玻璃丝公主，要她一起逃跑。

唉，倒霉。玻璃丝非编个公主，还不如编个大口瓶套。

逃跑？

那个工作可得有，技巧，最主要，得有人追，还不能笑。

不笑就不笑，强盗和公主，游过了洗脸的白瓷水池，在穿衣镜前设法登高。

拼命逃跑，不笑。

可追的人呢？在哪？

布林说他累了。没办法，剧场休息

他用一毛五分钱

排队，在买雪糕

——顾城《布林·发现》

经过这一次灵感的闪现，梦发生了“裂变”，后来顾城又陆续做了十几首的《布林》。它们读起来就好似一个人凌乱的梦境，尤其是这最初的五首。

顾城最初写五首《布林》时，其实仅仅就是在灵感的支配下随意地挥洒自己的想象。他并没有想到什么艺术手法。他诗作中所显示出的荒诞性以及大量的通感运用、留白与跳跃性的意象，使得《布林》具有了超越诗歌本身的巨大张力。火柴盒种出了火柴头一样大小有毒的浆果；变成青蛙兴奋地叫喊着的拖鞋；一手拿着胡子一手拿着刀乱砍的强盗；还有玻璃丝编成的公主。

我们当然可以给这些意象加上自己所理解的象征意味。但究及顾城创作时的状态，大概这一切更多的只是他幻想世界的物化。

顾城闭上了眼睛，他看到了这些，也就那么原原本本地写了下来。后来，《布林》还曾被批评为“邪恶小孩的童谣”，或许也是因为它太过“原原本本”了吧。就像一个早熟的孩子，过早地看到了隐藏在成人世界里阴暗的角落的龌龊与疥疮，又口无遮拦地说了出来。

在创作后来的十三首《布林》时，顾城有意无意地加入了许多自己的回忆，这使得布林身上更具有了顾城的影子。尔后的这些诗中，意象的象征性也更加明显起来。后来谈到《布林》时，顾城这样说道。

“一直到你们发表了《布林》，我才开始正视它，开始用读者、评论者的眼睛来看它。从形式讲，它很像现代童话；从内容讲，它非常现实，不过不是我们所习惯的现实；它是拉丁美洲式的魔幻现实。总之，它展现的是人间，不是在愿望中浮动的理想天国。”

总之，再写《布林》的时候，顾城不再是单纯地被灵感所驱使而动笔，他将自己的理性思考加入《布林》的创作中，从布林的出生写到他的死亡。顾城用鬼气拂拂的诗句表现这个社会同样荒诞而邪魅的一面。这也使得梦呓般的《布林》多了一份现实的意义。

“不能加鸡蛋，面包万岁！打倒一切做蛋糕的阴谋！所有的人和树叶，都鼓掌了。为了加强感动，在遥远的地方还放了录音。”

“布林好像，哦，死了。一百个黄脸的孙子，都开红汽车，从各大陆的胸部，赶来悼念，哦，他们用压水机哭了一会，把牙齿锉了锉，便开始跳舞。”

只要经历过“文革”，甚至是今天稍微了解那个时代的读者，都能从这样看似荒诞不羁的诗句中读出浓烈的反讽意味。顾城说，通过《布林》，他基本完成了一次自我更新的试验。《布林》正处在顾城的诗歌向另一个方向迈进的过渡期上。

大多数人喜欢的那个唯灵主义诗人，那个酷爱讲故事的顾城，开始慢慢地向我们挥手告别了。可也有人喜欢顾城后期的诗歌，那些梦呓一般的低语，杂乱地不可分类的风格。

笔者即属于后者。顾城并非是那种可以简单地归为哪一类的诗人。他太随性了，他忠于自己的感觉，但偏偏感觉又是这个世界上最不可靠的东西。它说变就变，稍纵即逝，像一杯蒸馏水，任容器摆布，任杂质污染。正如谢烨所说：“火车开来开去上边装满了人，有好有坏，你都不是，你是一种个别的人。”

暴风中安静的雪地

顾城跟谢烨恋情在不断的书信中愈加热烈起来，思念无时无刻不在折磨着顾城。

吃饭的时候，顾城就在餐盘里用筷子一遍又一遍地写着谢烨的名字，有时候写谢烨，更多的时候写雷米。雷米是谢烨的笔名，这个名字美极了，当谢烨第一次告诉顾城这个名字的时候，顾城就爱上它了。

看电影的时候，顾城会幻想着谢烨就在身边，那么他就可以在黑暗中牵住她微微出汗的小手。有的时候，顾城会一个人跑到河边去静静默念，雷米，雷米，哦，雷，我的雷。

1980 年，顾城所在的街道集体单位解散了，他失去了工作。所幸，这时的顾城正沉浸在创作的虚幻世界里。不期而至的小额稿费带来的惊喜，加上热恋产生的化学反应，使得顾城并没有因失业而消沉。

顾城此时已经颇有诗名，也开始参加各类大大小小的诗会。在顾城生活里，阳光明媚的日子多了起来。他跟很多诗人都成了朋友，北岛、舒婷、江河、杨炼……他们一起聚会，读诗写诗，顾城觉得自己不再是在黑暗而寒冷的宇宙中漂浮着的孤独的小石块了。他看到了身旁的点点繁星，他们都跟他一样，或明或暗地闪烁着光芒。

与此同时，来自全国各地甚至国外的信件都如雪花般纷飞而至。白天时不时就有成群结队的求教者登门拜访，开始的时候，顾城也跟他们讨论与争辩几句，从前那个害怕生人的孩子已经长大了，更何况对于诗歌，顾城永远有说不完的话。再后来，来访者越来越多，顾城不胜其扰，干脆白天就躲进屋里睡大觉，乐得清静。到了晚上他才起来，整夜整夜地读书或写诗。

就在一个平常的早晨，还在睡梦中的顾城被一阵电话铃声惊醒，电话的那边是作家协会的负责人员，他告诉顾城，一位瑞典汉学家想约见顾城。听到这个消息的顾城既兴奋，又因受宠若惊而局促不安起来。到了约定的时间，顾城准时赶到了约定地点。

他不知道，面前这位气宇轩昂的白发老人就是瑞典文学院院士、诺贝尔文学奖评委 Nils Göran David Malmqvist，他还有一个好听的中文名字，叫作马跃然。老人讲一口流利的汉语，他们从灶炉和猪圈聊到了无边的盐碱地，顾城还背诵了《生命幻想曲》，老人听罢竟泪流满面。

这次的面谈愉快极了，老人临走时激动地拥抱了顾城，并与顾城相约以后一定要再见。后来，回国后的马跃然曾多次邀请顾城去瑞典与北欧访问，但都被顾城婉言谢绝了。

顾城不想离开中国，因为谢烨在这里。随着相处时间的增长，跟谢烨永远在一起的冲动也越发强烈了起来。这个世界太拥挤了，顾城多希望跟谢烨私奔去一个只有他们两个人的世界，那里没有喧嚣，没有灯红酒绿，没有人们之间的钩心斗角，那里就干净得像一块雪地。

那么多灯火摇曳，雷米，真想和你去走暴风中安静的雪地。

——顾城《境外》

1979 年到 1983 年这四年间，顾城去了四次上海。每一次见面和分别，都让顾城对谢烨的爱更加真切起来。终于，顾城求婚了。他径直去到谢烨家的门前，敲开门来，请求谢烨的母亲将女儿嫁给他。

可谢烨的家人对这个冒冒失失又没有工作的穷诗人并不满意。

于是顾城自己动手打了一个木箱，就这样直挺挺地睡在谢烨家的门前，谢烨的母亲为此事还曾经把顾城送到精神病院去检查过。

但是在这一对陷入热恋的人儿面前，家人的反对并没有起到什么大的作用。也不知道是被顾城神经质的行为逼得实在没有办法，还是不忍心看到痴痴的女儿一天天憔悴下去。谢烨的家人终于还是同意他们的婚事了。1983 年 8 月 8 日，顾城与谢烨走进了民政局。他们结婚了。顾城的美梦，成真了。

婚后，顾城为了谢烨留在了上海，留在了这个心上人生活的地方。此时的顾城已经颇有诗名，总会被邀请到各地去讲课。每当被邀请，顾城都会提一个要求，那就是带谢烨同往。顾城毫不掩饰他对谢烨的爱与依赖。每当他清晨从睡梦中醒来，看到身旁还在熟睡着的谢烨，顾城都觉得自己快要幸福得窒息了。这一切来得都是那么不真实，如同一个童话。

和一个女孩子结婚，在琴箱中生活。

听风吹出她心中的声音，看她从床边走到窗前。

海水在轻轻移动，巨石还没有离去。

你的名字叫约翰，你的名字叫安妮。

——顾城《提示》

顾城每天都待在家里写诗。他鼓励谢烨学英文，学开车，自己却不学。顾城觉得他跟谢烨都是一回事，所以这些事一个人会就足够了。

他还做了一个高高的帽子戴在头上，谢烨说，这让顾城看起来就像蒙古的可汗。于是他们就给帽子起名叫可汗帽。谢烨有时候喊他城，有时候喊他可汗，有时候就喊他的乳名，胖。顾城答应着，哎，在呢。

日子虽然清贫，但他们过得有滋有味。他们拉着手走过广场，在江边散步，看来去的船。顾城骑着自行车，谢烨坐在后座上，穿过幽暗又曲折的里弄，听风里的歌。

假如这样的日子能一直过下去那该多好。可毕竟生活不是童话。柴米油盐酱醋茶，样样都需要钱。依靠不稳定的稿费根本就无法支撑起这个小家，这对新婚夫妇的生活总是捉襟见肘，更何况，诗人的稿费本来就是不多的。五块，十块，有的时候甚至就是一顿饭钱。日子久了，谢烨的心里暗自着起急来。现实物质的限制给他们的生活带来了不少考验，顾城也渐渐变得不快乐了。

1983 年，《当代文艺思潮》发表了徐敬亚的诗论《崛起的诗群》。这篇诗论引起了巨大的争议，随后这篇文章以及稍早时候北大教授谢冕发表的《在新的崛起面前》、孙绍振发表《新的美学原则在崛起》被批评者们称为“三个崛起”。

随后的诗坛里出现了批判朦胧诗的狂潮。在大量诗坛前辈的口诛笔伐下，顾城也随着朦胧诗一起被批得体无完肤。这一年可以说是朦胧诗被批斗得最猛烈的一年，文坛的争论甚至已经上升到政治层面了。这时的顾城几乎已经失去了发表作品的资格。他每天闷在家里写着诗，新婚的快乐被慢慢冲淡，似乎比预想的还要快。顾城怕极了。他爱谢烨，所以不容许这份爱变质。

顾城不喜欢上海，他总觉得在这个城市似乎喘不上气来。在他看来，上海是个比北京还要糟的城市，阳光总是被切开，关在一格一格的小方块里，到处都是叫卖的小贩与尖着嗓子砍价的男人和女人。

顾城总爱靠在窗边看向远处，可是这个城市太大了，怎么也看不到尽头。这个城市的尽头是什么呢。顾城不知道也不想知道，因为顾城不喜欢它。

有一次，顾城耍小孩脾气，求谢烨给自己买张船票。谢烨被顾城缠得没有了办法，就把他带到了码头，让顾城去问水果摊上的摊贩要一个橘子：“假如要得到的话，我就给你买船票。”谢烨心里清楚，以顾城的性格，他怎么也做不来这样的事。

顾城的软肋此刻正被她牢牢攥在手上，他们两个心里都清楚。

顾城看着她那双又大又美的眼睛，终于还是没能鼓起勇气去问陌生人要一个橘子。顾城蹲了下来，就在码头边上，像一个没有得到心爱的玩具的孩子。

一刹那，墙漆斑驳好像只用掉了千分之一秒，空气里似乎出现了新被砍掉的树木发出的气味，刚刚死亡的树桩，截面的颜色还很浅，似乎还能听见年轮定格的咔嚓声，但是一切就这么突兀而猛烈地变化了。

这不过是一个小小的引爆点而已，随之而来的是更大世界的塌陷，顾城陷入到某种困境的纠结之中拔不出身来，他想不明白也逃不掉，抑郁的情绪开始恶化成一种病症苦苦折磨着顾城的灵魂。

之后不久，顾城就得了抑郁症。他总是不说话，从早到晚就那么呆呆地望着窗外。每一天，看着整晚无法入睡的顾城，计算着如何分配第二天的买菜钱，谢烨无助又心痛。

她爱他。这个天才般的诗人，这个孩子般脆弱而又敏感的诗人。可这个世界这么大，她多怕有一天他松开了她的手，找不到回家的路。假如这段感情中一定有一个人要妥协的话，她情愿是自己。

终于，半年后，谢烨跟着顾城回了北京。

卷五

牧羊人

噢，你就是那棵橘子树

回到北京的顾城就如同一颗回归轨道的卫星，生活又开始沿着之前的轨迹缓慢运行起来。日子虽然还是一样的清苦，但他的身边有谢烨的陪伴，一切的苦也就都变成了甜。

最初的不安感慢慢地褪去了，顾城跟谢烨的感情似乎变得比以前更加坚固起来。顾城依旧写着诗，他把写好的诗读给谢烨听，谢烨是个最好的读者。顾城知道谢烨喜欢自己的诗，他也喜欢极了她的喜欢。

有时候谢烨也会向顾城提意见，这个字用得好，这个字不好，该换成这个。每当这个时候，顾城就拿起笔来，毫不犹豫地按谢烨说的改。

春风得意的顾城又开始参加诗会了，与几年前不同，此时他身边多了一个女子的身影，谢烨与顾城成了形影不离的整体。甚至于有些活动如果不能同时邀请谢烨，那么顾城就也不去了。

他越来越离不开谢烨了。他们一起去了很多地方，顾城将他的爱妻介绍给了他的每一个朋友，他紧紧牵着谢烨的手，似乎有暖流从手掌中传进顾城的身体似的，他的脸颊红扑扑。这时候的顾城真是幸福极了。

1984 年，朦胧诗依旧处在风口浪尖上。但不断的批评与压力，反而迫使顾城去思考自己坚持的到底是什么。顾城必须离开地平线，站到一个更高的地方去。往下看，经历过“文化大革命”的中国多像大火肆虐过的荒原。

日升月落，灰蒙蒙的荒原上冒出了星星点点的嫩绿，这嫩绿便是朦胧诗。顾城不再怕了。他知道自己是对的，所以他就站出来为自己辩驳。

后来，顾城在接受采访时用审美的阶段性来解释当时朦胧诗为何会受到质疑，还举了一个自己的例子。讲自己在热爱小人书的那个年龄里，也曾经翻到过惠特曼、鲁迅和屈原的作品，当时只觉得这些诗文前言不搭后语，直到后来随着年龄的增长才开始慢慢理解并为之叹服。这是正常的，原因是这些作品本就不是小学生可以理解的。

不得不说，这样的解释是很大胆的。当时朦胧诗的反对派大多是文坛中颇具声望的老诗人，顾城的心里却将他们看作是小学生。

但这并非对前辈的不尊重，顾城这样解释着这些朦胧诗派的探求者："他们敬慕古代的诗星，却没有重复过去的耕耘方式，因为重复不是艺术劳动。他们带着强烈的创造愿望，表现着新一代的需要和理想。"

这一年，顾城写下了一首名叫《噢，你就是那棵橘子树》的诗。从前的顾城，写诗只是为了自己的灵魂。但是这首诗里，顾城却以一个战士的姿态出现了。

噢，你就是那棵橘子树。

你曾在暴雨中哭过，在风中惊慌地叫喊。

你曾在积水中，端详过自己。

不知为什么，向南方伸出，疲倦的手臂，让各种颜色的鸟，落在肩上。

你曾有朱红的果子，它爱过太阳。

还有淡青色调皮的果核，落在群星中间。

你还有，那么多完美的叶子。

她们只谈论你，像是在说不曾归来的父亲。

直到怀念和想象，一起，飘向土地。在最后的秋天。

她们都走了，天空收下了鸟群，泥土保存着树根。

一个不洗头的小伙子，和钢锯一起唱歌。

唱着歌，你倒下，变得粗糙和光润，变得洁净，好像情人凉凉的面颊。

你也许会，变成棺木，涂满红漆。

变成一只灌满雨水的小船，告别褪色的芦苇和岸，在最平静的痛苦中远去。

你也许，会漂很久。漂到太阳在水中熄灭，才会被青蛙们发现。

你也许没有遇见，那么潮湿的命运。

你只被安放在屋子中间，反射着灯光。

四周是壁毯，低语，和礼貌的大笑。

在一个应当纪念的晚上，你的身上，蹦跳着，穿着舞蹈服装的喜糖。

你应当记住那个晚上，记住呼吸和梦，记住欢乐是怎样，在哭喊中诞生。

一只可爱的小手，开始握笔，开始让学走路的字，在纸上练习排队。

开始写下，妹妹，水果和老祖父的名字。

老祖父已经逝去，只有你知道，在那个蓝色的傍晚。

他是怎样清扫过，和他头发一样，雪白的锯末。

他细细地扫着，大扫帚又轻又软。

轻轻落下，好像是，母鸵鸟遮挡幼鸟的羽毛。

他扫着，注视着倒下的你。

默想着第一次，见到你的时刻。

那时，他可能也在默写生字，咬着笔，看着窗外。

那时，你第一次在这片，红土地上快乐地站着。

叶子又细又小，充满希望。

——顾城《噢，你就是那棵橘子树》

不断变幻的时空跟复杂的情感交织在一起，的确让整首诗都朦胧了起来。顾城在这首诗里想要表达的情绪也似乎不是三言两语能说清楚的。

我们只是能强烈地感受到他那份信仰般的坚定。顾城彷徨过，痛苦过，他甚至曾经不明白自己背负的是什么。在镜子里，顾城是看得到自己的前路的，那里也许只是些雪白的锯末。

顾城从来就不是一个乐观的人，但他却充满希望。因为他清醒地知道，荒原上的嫩绿总会变得青翠起来，又细又小的叶子也终会长成一棵棵坚毅的橘子树。也许这一天到来的时候，他已经倒下了，倒在潮湿的泥土里或者别的什么地方。但这也只是一件无关紧要的事情。

1986 年 10 月，顾城参加漓江诗会时这样说："屈原、但丁、惠特曼、洛尔迦这些伟大的诗人都不是现存功利的获取者，他们在生活中一败涂地，而他们的声音，他们展示生命世界，则与人类共存。"

随带一提，在这一年早些时候的昌平诗会上，顾城遇到了李英。当时在诗会上，有人批评顾城的"古怪诗"，而这个小姑娘非常坚定地站了出来支持顾城。这让顾城心里很是感动。那时的李英才刚要大学毕业，她很漂亮，明眸皓齿。那是跟谢烨大不一样的美，比起谢烨的贤惠跟大气，李英更像一只单纯又可爱的小白兔。

谢烨很快喜欢上了这个小姑娘，顾城的好朋友文昕更是跟李英形影不离。于是，这只小白兔很快地融入进了顾城的生活里，此时顾城只当英儿是小妹妹般，他的眼里只有他的谢烨。可他没有想到，这只偶然闯进的小白兔竟会在后来的日子住进他的心房，带给他前所未有的无比美妙地悸动。

他更没有想到的是，她还会在那里咬上鲜血淋漓的一口。

万里之外的小船

1987 年，顾城接到了来自德国明斯特“国际诗歌节”的邀请。据顾工老先生的回忆，因为顾城还沉浸在婚后的甜蜜与幸福中，因此就欣然接受了邀请。但提出了一个条件，那就是诗歌节必须同时邀请谢烨。

实际上，决定出国这件事，很大程度上顾城仅仅是为了成全谢烨的愿望。在那个年代，办理护照比现在要麻烦得多，折腾完一圈，护照办下来的时候，机票已经推迟了一周。出国所有的事宜基本上都是谢烨在打理，没有谢烨，顾城也是出不了国的。

顾城爱谢烨，更依赖谢烨，这种依赖随着时间的累积也愈加深厚，顾城为自己有幸拥有谢烨这么一位能干又温柔的妻子自豪得不得了，他也毫不掩饰自己的自豪跟喜悦。就在办理签证的时候，签证官问他们的签证里，“人种”那一项该如何填写，顾城笑着说:“你就填‘美丽的’吧。”

等他俩终于踏上德国的土地时，诗歌节已经接近闭幕式了。但顾城跟谢烨还是受到了热烈的欢迎。大会还特意为顾城推迟了闭幕式。并没有什么准备的时间，顾城就被推上了主席台发表演说。

最初的紧张跟局促过后，顾城竟足足讲了两个小时。谢烨也被请上台朗诵诗歌。在这之前，顾城仅仅是在国内的诗坛上崭露头角，而这次的演讲才真正意义上让顾城在国际上声名大噪，有参加诗歌节的学者把顾城与谢烨称作“东方的明珠”。他们接下来的行程也被排得满满当当。顾工老先生在回忆录中这样写道:

> “真没想到，世界各国的代表竟纷纷上前邀请他们俩到自己的国家去，并相互协商为他俩排列好了时间表:先去奥地利的维也纳，再去丹麦、芬兰、瑞典、法国、英国……并给他俩购买了一张在西欧的通用年票。顾城很小很小的时候，在叫她姐姐给他念春秋战国历史的时候，便如痴如醉的说:我长大以后，也要像孔子那样周游列国，到每个国家去讲学。”

现在，他真的如愿以偿了，听他讲学的不仅仅是三千弟子，七十二贤人，而都是些西方的名牌大学：斯德哥尔摩大学、巴黎大学、牛津大学、波恩大学……

顾城并没有被西方灯红酒绿的花花世界所吸引，与其说是抵触，倒不如说是憎恶。除了大学的讲台，能吸引顾城就是异国迤逦的自然风光了。他带着妻子跟诗，不断地在国境线的更迭里辗转，这一转就是大半年。他穿一身周周正正的中山装，再戴上他高高的帽子，大半个欧洲讲下来都是这么一身打扮。

说到顾城的帽子，历来总是各式各样的解释。顾城自己的解释也是五花八门，他说过，他觉得自己个子矮，因而要靠这个帽子显个儿。有时候又说他怕冷呢，所以总戴帽。还说过这帽子是他的烟囱，他有气儿就从这冒里跑了。或是将这帽子形容为收听福音的天线、北京的城墙、王冠、跟外界的边界……顾城的解释完全是兴之所至。也许这所有的解释都不是真正的原因，但或许也可以说它们全都是，神秘而自在正是顾城想要的。

顾城曾说，他在北京时也有一次，戴着这样的高帽子走到大街上，引得街上的姑娘都对他笑，这使得他很得意。当知道要去西方时，他猜想西方是一个自由的地方，因此有几亿人就会有几亿顶帽子。所以他就戴上了自己的帽子，可没想到还是备受关注，顾城发现这一点之后这样解释过：

“我很遗憾这个帽子会这样地干扰大家。我好像平生做的唯一一件，完全由我选择的事，就是做了这顶帽子，并且戴到了脑袋上。没想到就被洞察出来。那么我不知道这个帽子是一份贡献呢？还是一个扰乱。人家质问我这个帽子的时候，我不想令人失望——我回答说这是我的家，我老呆在家里很安全；我回答说我生气的时候，这是个烟囱；今天我说，要是谁乐意往里边放钱，也并不太坏。如果简单地回答那就是：为什么不戴呢？这是我做的帽子。就是这样。没太多的理由。”

也就是从这个时候开始，他的诗开始进入了一种无我的状态。据顾城自己说，无我，就是放弃了对自我的寻求。“我开始做一种自然的诗歌，不再使用文字技巧，也不再表达自己。我不再有梦，不再有希望，不再有恐惧。”

这时候顾城所向往的大概就是庄子《逍遥游》里所说的“无所执”的那样一种状态。那个想为了朦胧诗而朦胧诗的战士又悄悄地隐退到了幕后，顾城似乎终于停止了在寻找目的的怪圈中的奔跑。

他停下来，手拿一个万花筒向外张望，整个世界看起来就好似倒悬在了一滴快要掉落的水银中，那亮闪闪的金属质感不禁让人有些晕眩。顾城将万花筒一转，这滴水银就啪嗒地掉在碗里，哎呀，世界摔了个粉碎。但是它们又很快地在碗底聚合起来，顾城的眼前就换了一幅景象，整个世界好像都错了位，每一个地方都让顾城感到熟悉又陌生。

桑树想在树下吃桑子，他走过去，鼻子放低。

整个城市都看城市，别想把他骗过去。

烟掉进铁栅，鸡冠花呜咽地把脸挡住。

同学都在桑木桶里，别把她骗过去。

就这么吃桑子，手指通红。

裙子，摊开，五十张牌。

有有有。

哥姐兄。

哥姐弟。

桑树想做一条裙子，说好了结婚时得住桑树。

五十面旗子飘了又飘，一天比一天起得要早。

勤劳的生活，用铁锨挖镜子挖到树顶。

——顾城《水银》

顾城一共写了四十八首题目叫《水银》的诗。或许这些景象都是他从他的万花筒里看来的，又或许他多多少少的确有所指。

总之，关于这组诗，历来有很多的解释，其实就像顾城那顶高高的帽子一样，过多的解释倒像成了穿凿附会。顾城就像坐上了一艘小船，在大海里漫无目的地漂流，左边是伸手不见五指的黑夜，右边是阳光跟无边无际的远方，船尾画出的那条黑暗与光亮的边缘，应该是像海岸线那般弯曲而模糊的。所有的意象都海鸟般贴着顾城的头顶飞，他只需伸出手一抓就好，那一刻，他自己也不知道究竟手心里攥着的是什么，也许是一只鸽子，也许只是带着咸味的风。

这时，朦胧诗的风潮似乎已经慢慢平息，文坛又开始一点点地被第三代的新诗人所占领。可或许直到这个时候，顾城的诗才算得上是确切意义上的朦胧诗了。

但是顾城写诗的时候已经不再计较朦胧与否、古怪与否了，后来他在接受采访时说过，他已经放弃了追求任何艺术风格，也不再设想跟追求完美的语言境界。甚至顾城写诗的时候也不再考虑他笔下的诗是否算是艺术。他在写给朋友的信里这样说："我好像知道了一点儿。真的话都是非常简单的，像用海水做成的篮子。"

异 邦

1987 年年底，顾城跟谢烨在回北京的途中经过香港，又被挽留参加在香港举行的当代文学研讨会。就在这时，顾城收到了来自新西兰奥克兰大学亚语系的聘请书。谢烨一直都想有机会留在国外，面对这么一个难得的机会，顾城也就欣然应允了。说欣然或许有些言过其实，因为对于不会讲英语的顾城来说，在国外生活并不是一件多么舒心的事情。可是想到有谢烨陪伴在身边，一切生活上的麻烦似乎都被抛在脑后了。谢烨的英文很好，除了写诗之外的事，顾城其他的工作大半都由谢烨在打理，谢烨喜欢去哪里，那他便去哪里就是了。

回到北京，顾城跟谢烨就开始忙着做出国的准备。在谢烨的安排下，一切都按计划有条不紊地进行着，顾城意识到自己留在北京的时间并不多了，还要跟朋友们一一告别，心里难免有一些伤感。

可就在去新西兰的前一天，发生了一件让顾城始料未及的事情，这事让顾城的生活偏离了航道，最终坠向了幽暗而深邃的宇宙尽头。

就在他和谢烨向李英告别的时候，这个小姑娘突然向顾城告白了。面对英儿火山爆发般滚烫又真挚的告白，顾城一时被吓得不知所措，同时他也被她鲁莽的勇敢感动了，同时又感到一股莫名的喜悦。

李英说，他是她命中的爱，一辈子的死劫。言真意切，语至深处，顾城跟英儿两个都哭成了泪人。谢烨就坐在旁边，一脸平静地翻看着杂志，似乎眼前发生的这一切都是顺理成章的，她早就料到了。

顾城的心开始翻涌起来。他当然不能对英儿的爱情做出回应，可是他也无法解释他心里所感到的这股难以言喻的兴奋。顾城不知道，英儿其实并不是他想象中不谙世事的小妹妹，此时的英儿已经是另一位老诗人刘湛秋的情人了。

第二天一早，顾城与谢烨启程，从北京飞往奥克兰。这时的谢烨还不知道，她身边的顾城，已经不再完全地属于她了。

喜欢顾城的人很多，谢烨知道，她不但不担心，反而暗暗地为此自豪。这时谢烨已怀孕了，挺着大肚子的她满心幸福，况且他们已经离开北京了，英儿这个人也再不会出现在他们的生活中了，所以她不在意。

谢烨知道顾城爱她，她也知道顾城永远不会舍得离开她。顾城是爱谢烨的，这点上，谢烨确实没错。但是当时的谢烨没想到，顾城在爱着她的同时还会爱上别的人，而就在两年以后，她还会跟英儿见面。到那时，她们还会住在一个屋檐下，共享一个丈夫。

在奥克兰的生活很简单，大学老师的工作也不算忙碌。同年3月，谢烨生下了一个可爱的小男孩，给他起名叫Samuel，顾城把Samuel音译成木耳，当作儿子的中文名。小名作杉、三木、三庙。

初为人父的喜悦很快就被婴儿的哭闹声与没完没了的尿布片冲淡了，顾城需要一个不受打扰的环境来写作，但是小木耳的出现完全打乱了顾城安静又规律的生活。

与此同时，顾城也开始想家了。顾城的英语并不好，假如没有谢烨在的话，顾城就很难跟别人沟通，也是性格使然，顾城并不是一个擅长社交的人。很多年来都是这样，孤独一直是顾城最忠诚的朋友。但谢烨不一样，她总是笑，她会把所有事都做得很好，所有人都喜欢她。时间久了，顾城有些担忧了，他觉得谢烨的笑是迷惑别人的太阳，是天底下最温柔的毒药。终日里惶惶而生，生怕别人会把她抢走，更怕她纯美的笑容会被世俗的烟火气沾染。

顾城多想把他的谢烨装进一个干净的玻璃房子里，风吹不着雨淋不到，他愿意一辈子都为她守门。这片他不熟悉的土地似乎也在跟他相互排斥着，因此顾城总觉得自己的脚是悬在空中没有着落的。这时在顾城的诗里，那种厌倦漂泊的情绪也与日俱增。

在一个紧张的夜晚，土地具有了弹性。
人和人拉开了距离，我被弹入高空。
后来有一滴露水，结束了我的飞行。
它把我悄悄粘住，在一片绿影之中。
闪闪烁烁的小蜂，不断把露水偷饮。
我洗去了许多观念，来报答森林的收容。
粉蝶展开翅页，教我读上边的译文。
不同长短的光弦，发出各种单音。
这是一种语言，用来表达疑问。
我开始回想家里，那盏寂寞的小灯。

——节选自顾城《留学》

与此同时，繁华又喧嚣的城市生活也无时无刻不让顾城觉得精神紧绷，顾城难以融入城市生活很大的一个原因是他自己害怕自己陷进去。他讨厌城市，拆开光鲜的包装盒，物欲横流的城市就好像一大块表面融化了的黄油，上面沾满了苍蝇跟小飞虫。直到有一次，他与妻子和友人一起乘渡轮出海，偶然去了一个海岛。

那是南太平洋上的一个叫作 WaihekeIsland 的地方，Waiheke 在毛利语里是“激流飞下”的意思，顾城就将它译作了激流岛。这个小岛用它的原始与美丽打开了顾城尘封多年的梦，年少时在农村生活的回忆一下子就复苏了。一直想逃离城市的顾城一下子就爱上了这里，他当即决定要搬来这里住。

卷六

理想国

墓 床

1988 年 6 月，顾城如愿搬到了激流岛上。岛上除了顾城跟谢烨再没有别的华人了。离顾城最近的邻居也住在几百米之外。

生活就好像慢放的镜头，每一帧都泛着岁月沉淀过的黄。跟城市比起来，岛上可以说是什么都没有，连家具都是顾城跟谢烨自己动手做。可顾城对这儿的一切都满意极了。无边无际的海水泛着梦幻般的蓝，天青云白，浪一波一波地涌上来随即又退去，阳光热烈地亲吻着沙滩，海边的礁石安静得像是它们从亘古开始就在那里，一丝一毫都未曾改变过。

顾城似乎又回到了十多年前的夏日，那个潍河边上的荒滩，皮肤黝黑的少年静静躺在沙滩上望着天上的流云，远处传来熟悉的哼哧声，那是他放养的猪们在啃食着草根。

父亲顾工这样描述刚刚搬到激流岛的顾城。

“他像哥伦布发现新大陆，像陶渊明发现了桃花源。他俩在荒凉的海滩上，找到了一所暂时可以隐居的小屋。他和这里的土著毛利人结邻。他想考察他们的饮食起居、生活习俗、历史渊源……顾城崇尚远古，崇尚梦幻。他来信说：我在这里找到了我的梦——在渤海湾、在淮河畔、在泥巴捏的村落里，做的许多许多梦，现在再次呈现；不过，要比当年的梦更美妙，更绮丽。”

一直以来顾城向往的就是这么一种生活，苦行僧般与世隔绝的生活让顾城感觉自己跟自然更亲近，这让他舒服。

她老在门口看张大嘴的阳光，一条明亮的大舌头，在地上拖着。

早晨的死亡，甲虫从树枝突然跌落，一条明亮的大舌头。

鲜艳的车辆在空中变甜，一级一级歌颂世界。

一条明亮的大舌头，早晨的颂歌世界。

——顾城《颂歌世界》

后来英儿评价顾城时说，顾城的自杀倾向是伴随着他的一生的。顾城从很小的时候开始就对生与死这类深奥的问题产生了强烈的兴趣。

他是一个极端的人，很容易就一个极端掉进另一个极端里。就在他跟谢烨结婚的第二天，顾城一脸幸福地对谢烨说，我们自杀吧。

陈力川在回忆顾城的文章中写到过这么一件事，说是顾城在巴黎第八大学的中文系做过一个讲座："顾城谈到他五岁的时候，有一天凌晨醒来，看到白色的墙壁上似乎有人眨着眼睛对他说话。这些人好像是从白色的雾中浮现出来的。那时候他已经知道人是要死的，而且死人还要烧成灰，但从来没想到死亡离他这么近。他第一次产生了一个可怕的念头：他马上就要变成灰烬，不可避免地变成灰烬。随后顾城从死亡的主题一下子跳到了生命，并且朗诵了他 1971 年写的一首诗《生命幻想曲》。当时我不明白顾城为什么先谈死后谈生。"

或许在顾城的世界里，生与死之间的界限是模糊的，他也常常会将对生命的向往与对死亡的恐惧混淆在一起。他的诗从很早的时候就开始出现与死亡和永恒主题的意象，墓门与石像，巨人的头颅，暗黄的尸布。顾城深刻的孤独感并非是后来的生活境遇所赋予的，而是来自他心灵的深处。他不知道自己到底的所属，终其一生，顾城都在路上，他不断地从一个地方逃离到另一个地方，他一直在寻找的是一个能使他的灵魂真正感到安定的地方。

我知道永逝降临，并不悲伤。
松林中安放着我的愿望。
下边有海，远看像水池。
一点点跟我的是下午的阳光。
人时已尽，人世很长。
我在中间应当休息。
走过的人说树枝低了。
走过的人说树枝在长。

——顾城《墓床》

写这首诗的顾城32岁，整首诗的视角却像是一位行将就木的老人躺进了自己准备好的坟墓中静静等待死亡。但是这首死亡主题的诗却没有带给人任何的不适感，反而让读诗的人感受了极度的平静与坦然。用一个简单的词来形容它的话，就是舒缓。

很容易让人联想到原始的游牧民族里古老的习俗，某些老人感知到了死亡将至，他们便开始断食，以求得在灵魂离开的那一刻身体上的洁净。更相似的或许是某些动物，老去的大象感受到了死亡的召唤，便会自行走进丛林深处的墓地中，那里有成群的同类尸骨，它们躺在那里静静迎接自己生命的终结。这些死亡都是非常自然的，由于全身器官的衰竭停止呼吸，这或许也是离开世界最好的方式。

这一切都深深躲藏在这个世界厚重的幕布之后，那里是自然最真最美的一面。

可顾城太过敏感，他本来不该感知到幕布后的秘密，可他太早地感知到了这一切。顾城被这一切所吸引，他想找到幕布后的那个理想国，他是属于那里的，他没有办法忍受世俗的生活，他也无法停下自己追寻的脚步。

夜深深的花束

顾城喜欢激流岛上半隐居的生活状态，他也自然而然地认为谢烨也喜欢。在顾城心里，他默然地把谢烨的世界归入自己的世界，一切在顺其自然中变成了理所当然。顾城总是说，自己跟谢烨是一回事。

不可否认，一开始谢烨也是向往激流岛的生活的，顾城就是那种特别会描述梦想的人，激流岛的生活被顾城的梦想勾勒得那么美好。但是到了真正的生活中，到处都是问题。

谢烨是爱顾城的，顾城是一个天才，谢烨深知这一点，她看着顾城的时候满脸都带着自豪。谢烨曾经觉得只要跟顾城在一起，过一辈子粗茶淡饭的日子她都甘愿。可谢烨到底是个美丽的年轻姑娘。每天只喝着白开水，粗头乱服地谈梦想，她真的无法享受这样的日子。

顾城厌恶世俗，而铜臭味是最世俗不过的。对于顾城来说，家里的钱只是账本上的一个数字，所有的钱都是谢烨在管，所有的生活压力也都在谢烨肩膀上。

钱对于顾城而言固然是完全置身事外之物，但是若没有物质的保证就无从生存，更无从谈论梦想。小岛是分期付款的，没有钱就没有理想国。

在岛上，他跟谢烨炖一锅白菜豆腐就可以吃一天。顾城不喜欢谢烨出去工作，不喜欢谢烨跟别的男人说话，甚至不许谢烨穿漂亮的衣服。但是顾城自己却一直跟李英有着书信的联络。顾城从来不自己去信箱取信，他跟英儿的信也都给谢烨看，英儿毫无顾忌地在信里表达对顾城的爱与思念。

谢烨装出一副毫不在意的样子，心里却难过得不得了。最让谢烨无法接受的还是顾城对木耳的冷淡，就连谢烨想给木耳买一个 1.99 美元的小玩具，顾城都不愿意。

他们的生活实在是太紧张了，如舒婷所说，顾城一辈子都在为钱发愁。可是顾城又不愿意投身到世俗中，去想挣钱的法子。他执拗地遨游在属于自己的文学世界中，他是太阳，他是国王，可对于生活，他实在一无所知。

1990 年 3 月，谢烨请求顾城帮忙将自己的弟弟张纯接来了新西兰。有弟弟陪伴的日子，谢烨的心情也好了许多。可弟弟不能总跟他们待在一起。

同年秋天，顾城又将姐姐顾乡也接到了激流岛上，这时候顾城越来越觉得激流岛就是他追寻的理想国。6 月，顾城辞去了大学的教职，一心一意在岛上过起了隐居的生活，生活的重担一下子压在谢烨肩膀上，养鸡卖蛋，包春卷赶集市，这个家全靠谢烨在操持，顾城的梦想压得谢烨喘不过气来。

就在这个时候，英儿的又一封来信打破了他们平静的生活，信中她表达了想来新西兰的强烈愿望。

在顾城跟谢烨离世后，很多人质疑过英儿接近顾城的目的，认为她只是为了出国而利用了顾城。后来李英自己也说过，那个时候不论是她自己，或她和刘湛秋的爱情都在压抑之中，她想出国，到一个自由的地方，没有人管，海阔天空地活。而顾城是她唯一可以投奔的出口。

英儿对顾城是崇拜的，或许多多少少也是爱着的。我们没有办法知道，当时英儿接近顾城是早就计划好了的，还是真的无法控制自己的感情。但是这时的英儿的确还爱着刘湛秋，她甚至幻想着她出国之后也能将刘湛秋邀请过去，这样他们便可以自由地走在大街上。

可这个时候的顾城还以为这个小姑娘一心只爱着自己。顾城读着英儿在信中的求救万分心痛，他爱她，他怕她太痴，因为思念而抑郁成疾。他决定要把英儿接过来，就算机票钱要花光他们仅有的积蓄也在所不惜。

看着顾城为了英儿那么伤心，谢烨的心都碎了，谢烨想既然如此不如成全他们。加上顾城辞职后，这个小家的收入锐减，谢烨心里有太多委屈，可是她还得照顾丈夫的感受，谢烨真的太累了。假如多一个人来帮自己分担，未尝不是一件好事。就这样，对英儿来激流岛的事，谢烨也同意了。

一个无所顾忌，一个摇摆不定，一个自以为是。假如当时他们三个人中有一个做了正确的事，那么或许一切都将会不一样了。

可谁又能预知未来呢，谁又能判定所谓的是非对错。正确，这个概念总是空泛得令人心慌。或许这就是所谓的命运吧，没有人逃得过。顾城在《英儿》里这样写："命运不是风，来回吹。命运是大地，走到哪儿你都在命运中。"

然而，就从英儿踏上激流岛的那一刻起，悲剧的引线就被点燃了。燃烧的火药发出嘶拉的声响，一边闪着幽暗的红光，一边缓缓地向着命运的深处延伸而去。

据《英儿》中所述，英儿上岛后不久就跟顾城发生了肉体关系。而这一切都是在谢烨的默许下发生的。顾城跟谢烨对外宣称英儿是顾城的妹妹，但岛上的邻居似乎都对英儿的身份心知肚明。

顾城深爱谢烨，同时也深爱着英儿。“你们真好像夜深深的花束，一点也看不见后边的树枝。”只是顾城跟谢烨在性的方面一向都是比较保守的。英儿给了顾城前所未有的快乐。

英儿是个聪明的女人，很懂顾城。她从内在契合着顾城的自由灵魂。顾城对英儿说过：“我们两个是天生一样的，而谢烨是我后天改造的。”听到这话的谢烨在一边安静地坐着，没有说一句话，只是眼睛里的光黯淡了下去。可是日子长了，英儿发现这个理想国并不是她所想象的那样美好。顾城跟刘湛秋一样，他们都有妻子，自己在感情上的压抑也并没有减少。反而三个人畸形的关系令英儿感到紧张与恐惧。

与此同时，顾城也越发希望建构自己梦想已久的理想国。远远望去，顾城想要的那种最自然最纯粹的生活飘在空中，要到达那里必须做出某些牺牲。顾城不在乎，与灵魂所得到的净化相比，所有物质上的牺牲都是必要并且再值得不过了。

顾城追寻着那云端的国，他想将谢烨带上去，将英儿也带上去。但是唯独木耳不可以。因为木耳是男孩，在顾城的概念里，他的理想国只可以有纯美的女孩子。顾城对木耳越发冷淡起来，每次见到木耳都会绕着走，从来也不抱他。

终于有一次，顾城突然发疯似的将木耳从沙发上扔到地上，还狠狠踢了他一脚。谢烨跟英儿都吓坏了。木耳的哭声撕碎了谢烨的心，万般无奈又无可奈何，最终，谢烨将木耳送到岛上一户人家寄养。

在这个空中的理想国里，谢烨跟英儿都不幸福。高处不胜寒，她们害怕了，她们想回到地面上。可顾城依旧紧拉着她们的手，这个顾城亲手构建的梦想国度将会因为任何一个人的离开而覆灭消亡。只是他不知，在无形的生命轨迹流动中，一切的美与爱悄然走向绝壁悬崖，三个人正一起坠进黑暗的深渊。

假如顾城从来就没有找到过这里又会怎样，没有激流岛，也没有理想国，假如他一直都在路上那该多好。可总是有那么一种我们所无法反抗的力量，冥冥之中领我们走向同一个结局。

历史不允许假想存在，那些即将到来的和那些即将逝去的，一切都是命运。

鬼进城

1992 年 3 月，顾城收到一封来自德国 DAAD 学术交流基金会的邀请信，这封信邀请顾城赴德从事文学工作一年。顾城不想去，他不舍得离开他的理想国。听到顾城不愿意去，谢烨就哭了起来。后来英儿这样描述当时的谢烨："她（谢烨）把邀请信看成她的一道门，觉得能把顾城带走，我（英儿）也要走掉，他们再回到岛上重新开始生活。其实她在岛上非常痛苦，但没有流露出来。她对我说这是顾城的最后一个机会。我们在岛上生活贫困，依靠救济金过，也没有朋友。他们有一些朋友在德国，她感到可以出去呼吸一下子了。"

在谢烨的恳求下，英儿答应跟她一起以经济作为原因劝说顾城。顾城终于同意离开激流岛去德国了。顾城对物质的要求真的特别低，只要他能活下去，只要他能继续思考写诗，那就够了。但是他还是答应承担起挣钱的责任，为了他心中的两位女神，他满心都是英儿跟谢烨，他是愿意为她们死的。

顾城并不知道，这一去就是他跟英儿的诀别了。顾城在给英儿的遗书里这样写过：“想挣个白房子之类的送给你，我拼命干。”这个将精神王国看得比什么都重的顾城，带着对激流岛跟英儿的深深不舍，跟随谢烨前往了另一个现实的世界。

在柏林的这一年，顾城写下了一组名叫《鬼进城》的诗。顾城说这组诗是他这一年最大的收获。

0点的鬼，走路非常小心。

它害怕摔跟头，变成了人。

——节选自顾城《鬼进城》

这首诗里，顾城的不安表现得很明显。

过惯了隐居生活的顾城又回到了城市中，这让他恐惧。对于《鬼进城》这组诗，顾城自己是很满意的，他也谈过很多次，他说他是作为人创作这组诗的。这就好像借了一双别人的眼睛来看自己。

这个城既是他自己的名字，也是北京。顾城这样讲述他创作《鬼进城》的过程：“我来到柏林，大雪纷飞。我在雪地上走，好像没有痕迹。这使我想起鬼的生活。黄昏来临时，柏林的夜晚变得越来越浓。这时我好像看见那只巨大的手轻轻地按在所有的灯光上。不仅是柏林的夜晚，也是它冷漠的白天，以及它一次次疯狂的可能，使我想起北京。鬼平静如水，但是在它受到打扰的时候，也会摧毁一切。我不想说‘历史’、‘文化’这些词。但是我知道，死了的人并没有消失。鬼溶解在空气、黄昏、灯光和所有人的身上。一切并非到此为止。我在柏林获得了我的北京。”

1993 年 3 月，因为长时间联系不到英儿，顾城隐隐地感受到了不对劲。

他带着妻子回到了北京开始寻找李英，但是一无所获。这时谢烨才把事情告诉了顾城，原来，就在他们离开激流岛没多久，英儿就嫁给了一个叫作约翰的老男人，跟他私奔到澳洲了。

李英背叛了自己，这个消息就如同一个晴天霹雳，顾城无法接受。“就像习惯用手去拿杯子，手没有了一样，就像在手术后，被拿走了心。”更让顾城无法接受的是，他知道了英儿跟刘湛秋的关系，原来所有的一切都是假的，三年的书信，包括最开始她向他告白的时间点，一幕一幕在顾城的脑海中反复回放。英儿跟他在一起只是为了出国，又为了签证嫁给了老男人。顾城不愿意相信，可是事实就摆在他的面前。

顾城整个人似乎一下子被掏空了。

他想到他跟英儿的每一次接触，想到她挂着泪滴的脸，想到她纯净的笑，想到她跟他的每一封信。顾城曾那么的确定，他们是一样的人：“我们是一起躲雨的小虫，花壳壳，你是花瓢虫，好看的一种。在天冷之前，我们已经找好了藏身的地方，也许在大岩缝里铺上木板吧，像过家家一样，外边大山谷里大风吹着——很小的锅里煮十五粒豆子。”

顾城把心都掏给她了呀。他想到英儿的唇，在黑暗中他们的舌头搅在一起，英儿是那样的软，她融化在他的怀里，包裹着他，温暖着他，承受着他。一切都是那样的自然。这怎么会是假的呢?

是，从来都是真的。从前真的爱变成了现在真的恨。

现在的顾城只要一想到英儿甘美赤裸的身体，一想到他们在山顶上的野合，就觉得无比恶心。什么都变了。突然之间，这只小白兔没有任何征兆地就变成了一条毒蛇，她缠绕着他不断地收紧，又用尖利的毒牙刺向他。

黑色的毒血，眼前斑斓的幻想，身体就像从里面开始垮掉了一样。酸液腐蚀着快要窒息的顾城。顾城什么都没有了。不，他还有谢烨。他还有吗？他望向谢烨，顾城觉得自己脏极了。他甚至不敢奢求她的原谅。

这时的谢烨只要轻轻一推，不，她只要冷眼旁观，那顾城就废了，他会立刻掉进最黑最冷的深渊里去，万劫不复。

卷七

执者失之

梦　呓

谢烨没有离开，她选择了原谅。

她轻轻抱住啜泣的顾城，就像一个母亲抱住了她迷路的孩子。顾城抬起头望向谢烨，面前的谢烨笼罩着梦幻的光，她是他的救赎。谢烨眼中的柔波似乎让他内心有一股钻心的疼痛，顾城对谢烨说：“如果说这一生，我有什么后悔的事，就是这个事。我没什么后悔的，可如果有人这样问，我还是要这样说：我后悔这个事。我离开了我的岛，离开了我的家，我的归宿。我应该死在那儿。雷，你知道吗？这真像一把锋利的铁铲铲了一下，在我的心里。我那么多年要做，不可能做的事，做成了，又没有了。”顾城没有办法原谅自己。是自己亲手毁掉了这一切。

离开北京，他们回到了激流岛上。湿冷的海风吹拂着院落，远处起了雾气的山谷好像远在另一个世界。这里的每一个角落都有英儿的影子，这影子曾给了顾城多少的光，现在却全成了梦魇。

他的理想国从空中重重落下来，摔在泥潭里成了碎片。曾经的那块雪地已经脏了，梦的破灭在一点点割断他对于生的希望，如今的自己只剩下了一个空壳，里面的一切都已经死了。可要是他就这么死了，谢烨又怎么办呢。据顾城后来给友人的书信中所述，这时的顾城之所以没有选择当即自杀，是因为他一想到谢烨，心就软下来。他现在唯一能做的就是想办法为谢烨留点钱，这样她还有木耳就能过得好。

根据顾城姐姐顾乡与顾城好友文昕的回忆，我们大概可以还原当时的情况：这个时候，谢烨建议顾城写一本带有忏悔性质的回忆录，把所有的一切都写出来。写李英是怎样地介入了他们，又怎样地背叛。写谢烨的好，把谢烨这么多年的苦都写出来。在谢烨的心里，她或许觉得这本书写出来，就能让顾城明白自己的好，明白在他心里的人是自己，而不是英儿。而另一方面，顾城也觉得这样很好，书中所有的人物都用了真名，顾城打算等书写出来，他跟书里的结局一样自杀，这书肯定能火，这样就能给谢烨和木耳留下一大笔稿费。顾城口述，谢烨再帮他打进电脑里，就这样，他们开始写了。这本书就是后来广为人知的《英儿》。

可谢烨错了，顾城也错了。

《英儿》的创作完全背离了他们的初衷。顾城恨英儿，但是他又不舍得恨她。顾城只有恨这个把英儿从他身旁夺走的世界。在写书的过程中，所有的回忆又都复苏了，他对英儿的爱跟眷恋，他们之间种种的美好回忆。

顾城是不会说假话的。书中出现了大量的露骨的性爱描写，它们是那么真实，可它们不丑。那是灵魂与肉的交融与碰撞，是超越了肉体的快感，它们美得让人脸红心跳，向往不已。

> “她的衣服褪在一边，我为她褪去衣服的时候，她顺从地抽出肢体。白色的内衣，小身体丰润细致，到处都充满女孩子的情趣。我等待的时候，她的引诱柔软的起伏着，渐渐地接近了，荷花一样的开放。她渴望着我微微的暴力，这使她激动。在野外在没有人的大山上，在树丛中，在阳光下，她也肯定没有过这样的时间和渴望。一个久已回避的恐惧爆发出来，变成强烈的欲。我新奇地走进自己的欲动，充满了狂野的激奋。轻轻触及了之后，就旺盛起来，胀得旺盛起来，像所有树木一样，那时我的心那么静默，我看着她起伏，如同海水。我静静地看着天空，看着草后摇曳的树木，那些小小的草交错在蓝天之上；把我埋着。”

这段描写顾城与英儿野合的文字，也是由谢烨一个字一个字敲进电脑里的。每个字都重击在她的心头，就像一把小刀一下一下地在她心上剐着。

谢烨敲击键盘的指尖在滴血，她终于将她一直以来最不愿意承认的事实看了个清清楚楚：顾城对英儿的爱是真的，她的顾城的确不是她的了。谢烨的心死了。谢烨说过，那个时候随便出现一个人，她都会爱上他的。

命运的垂帘让一切变成了机缘巧合，此时在谢烨的生命中，有一个男子的身影渐渐凸显，他便是大鱼。

大鱼风趣幽默，充满热情，对生活的要求也很精致，跟顾城是截然相反的性格。在德国的时候，他是顾城跟谢烨共同的朋友，渐渐迷恋上了谢烨，并对谢烨展开了疯狂的追求。

这时候的谢烨真的已经精疲力竭了，她用她小小的肩膀撑了那么久，而现在她唯一的念想也没有了。谢烨的心死了，就像一只打开了壳的蚌，将她最柔软最脆弱的一面暴露出来了，

这个时候随便来一粒沙子，谢烨都会将他当作珍珠的。一切就这么自然地发生了，心如死灰的谢烨接受了大鱼的追求。

可对于顾城来说，写《英儿》这本书是一个“一点儿点儿把心里的毒吐出来的过程”，就像谢烨一开始预想的那样，顾城看

到了初恋时的妻子，看到了那列从上海开往北京的列车，还有车窗外快速后退着的树和田野，顾城得救了，他真的变了。

在给姐姐的信中，顾城说他心中变苦的盐，又变成了石头。他想抱一抱他的小木耳，他想牵着谢烨的手一辈子也不放开了。

“再看我一下好吗”

“不，”她抬起眼睛，“你怨吗？”

——选自顾城《英儿〈牧场〉》

尊敬的乘客朋友们您好，本次列车即将到达终点：北京站。

年轻的顾城咬着嘴唇，他终于下定了决心，将自己的电话写在了纸片上。可是当他回过头的时候，那个叫谢烨的漂亮姑娘，已然消失在茫茫的人海之中，再也寻不见了。

回　家

谢烨的心已经不再属于顾城了，可怜顾城却还不明白。

他想跟谢烨把木耳接回来，想象着这样就可以抹去伤痛，像什么都没发生过一样，过最平常的三口之家的日子。只是他不知，此时的谢烨已经走远。爱上一个人的时候他千般万般的不好也是好，可一旦不爱了那就是不爱了。他再怎么好也不爱了。

以往种种的委屈怨恨都涌上来，走了这么多年的夜路，谢烨只想找一个真正可以依靠的怀抱。大鱼为谢烨离了婚，给了这个饱受沧桑的女子最温暖的港湾，谢烨抛却了过往的悲伤，她只想将激流岛上有关顾城的一切都断得干干净净。

从顾乡《我面对的顾城最后十四天》一文中，我们已经可以读得出悲剧发生的前兆了。这对昔日如胶似漆的恋人之间已经产生了不小的裂痕。据顾城自己讲，当时谢烨跟大鱼都在劝顾城像书里写的那样，去杀了李英，然后再自杀，他们甚至帮顾城买回了电击器和刀，还雇了私家侦探调查李英的行踪。

可这时，顾城却犹豫了，他隐隐感觉到了事情的古怪。直到后来顾城偶然撞破了谢烨的谎言，才知道谢烨骗了他，谢烨要跟大鱼走。

更让顾城心碎的是，谢烨竟若无其事地对顾城编瞎话。面对顾城的质问，谢烨一点也没有怕。她仰起脸，明白地承认了她跟大鱼的关系。

喊着，哭着，怪叫着。她把这么多年的委屈都喊了出来。眼前的这个谢烨陌生极了，顾城怕极了，他攥着谢烨的手让谢烨别叫。

可是谢烨不听。顾城一下子失去了理智，他掐住了谢烨的脖子，歇斯底里的两个人摔在地上，都碎成了末。这么多年来，这是顾城第一次对谢烨动手。

谢烨疼，顾城更疼。我还你。顾城说着，在自己的手上划了四道深深的血口子。

爱到深处总让人万劫不复。

现在的顾城什么都没有了，英儿背叛了他，谢烨现在也要走了。木耳是他最后的一根救命稻草。其实顾城早就不想活了，他现在在这个世界上唯一的留恋就是儿子。顾城亏欠木耳的太多了，他想还。

我看见你的手，在阳光下遮住眼睛。

我看见你的头发被小帽子遮住。

我看见你手投下的影子，在笑。

你的小车子放在一边。

Sam，你不认识我了，我离开你太久的时间。

我离开你，是因为害怕看你。

我的爱，像玻璃，是因为害怕。

在台阶上你把手伸给我，说：胖，你要我带你回家。

在你睡着的时候，我看见你的眼泪，你手里握着的白色的花。

我打过你，你说这是调皮的爹爹，你说：胖喜欢我。

你什么都知道。

Sam，你不知道我现在多想你，我们隔着大海。

那海水拥抱着你的小岛，岛上有外婆，和你的玩具。

我多想抱抱你，在黑夜来临的时候。

Sam，我要对你说一句话。

Sam，我喜欢你。

这句话是只说给你的，再没有人听见。

爱你，Sam。

我要回家。你带我回家。

你那么小，就知道了，我会回来。

看你，把你一点一点举起来。

Sam，你在阳光里，我也在阳光里。

——顾城《回家》

顾城答应了谢烨办离婚，但是他要木耳。

以往对木耳不闻不问的顾城跟姐姐顾乡这么说：“胖子（木耳）十分可爱，以为他变样了，还那样；却好看了许多许多，眼睛也大了，又懂事，又活泼，抱一抱心里真安宁。人真是，不明白，劫过了，才知道，骨肉真情胜万种虚幻的事情。”可谢烨无论如何不同意，谢烨永远忘不了顾城曾经踢木耳的那一脚，她舍不得儿子，她要带木耳走。

那时谢烨和木耳分居三地，顾城住在姐姐顾乡家，谢烨住在初来新西兰教学时购买的房子里，木耳则被寄养在当地毛利人家，但他们每天都会见面，谢烨开着车子接了顾城一起去看儿子，然后二人回到顾乡家吃完晚餐，谢烨再开着车子回家。

这样分居的日子让顾城感到“有些解脱”（顾城之母语），他可以接受谢烨是别人的了，于是催促妻子尽快办理离婚事宜。但一直想离婚的谢烨却以“找不到律师”为由把离婚之事一拖再拖。

1993 年 10 月 6 日，顾城随妻子到家里搬东西，谢烨却主动与顾城发生了“亲密”的事，这次“亲密”让顾城对妻子又生出一丝眷恋之情，后来，他对姐姐这样说：“烨说好久没有了，要照顾照顾我。”稍停，又补充了一句：“烨当时真可爱。”

离婚的事就这么一直拖着，谢烨跟大鱼越来越频繁地通电话，顾城不知道他们到底在计划什么。现在的顾城已经无法阻止谢烨做任何事了。顾城心里隐隐地明白了，离婚并不是谢烨最想要的，她是要顾城兑现他的承诺：她是要顾城死。

1993 年 10 月 8 日，终于还是到了这一天。下午 4 点，阳光娇嫩，一种朦胧的梦幻之感笼罩着这座小岛，风凉凉的，在蓬勃着的风声中泄露出一丝悲凉的气氛。

这天下午，谢烨来到顾乡家，顾城趁妻子与姐姐聊天时，开着谢烨的车子去停车场一边练习开车，一边等待妻子和他一起去看小木耳。

不久，谢烨来到了停车场，却将自己的挎包忘在顾乡家中。谢烨并没有同丈夫一起去看儿子，而是独自开着车子为自己即将到来的情人租房子去了。

事后，顾乡在谈起这段时间里发生的事情时曾说：“烨在独自开车走之前，一定说了些让他（顾城）受伤害的话，至少他知道了大鱼的确就要来了，甚至知道了确切的时间，这对他是致命的。他一直想抵抗的就是这件事。他答应谢烨的所有要求，只要求谢烨让大鱼晚一些来，来在谢烨与他结束婚姻关系之后。可是大鱼说来就来，这肯定让顾城非常绝望，他对谢烨也一定十分失望，不然他不会只好去死，也不会在遗书中写‘他们得寸进尺’。”

大鱼坐上了来新西兰的飞机，他要来激流岛了。难道就不能晚一点来吗？面对顾城的请求，谢烨神情冷漠地说：“我又挡不住他。”

租好房子后，谢烨本可直接到在奥克兰的弟弟家住下，第二天直接去机场接大鱼，可她发现自己把挎包落在了顾乡家，便开车返回。

在停车场，她遇到了写完遗书的顾城，他们之间究竟发生了什么，我们不得而知。接着，顾城敲响了姐姐的房门，说：“我把谢烨给打了。”顾乡还没反应过来，他又说：“在那边的草地上。”话语中暗含着让顾乡去救谢烨之意。顾乡急忙赶去救弟妹，风散开一条道路，可一切都发生得太快了，当事实定格的时候，时间静止了，顾城用一根铜芯塑皮绳将自己吊在了树上，奄奄一息的谢烨躺在草地上。

顾乡发现谢烨昏迷时将她送到了当地一家大医院进行抢救，但终因耽误时间太久，抢救无效，谢烨于 12 小时后离开了人世。

悲剧发生后，新西兰警方也介入调查，最后以家庭内部纠纷结案，不作刑事追究。因为在案发现场虽然发现了一把斧子，但斧子干干净净，没有血迹。而谢烨的头部虽有伤，却是一个很小的伤口，清洗后不仔细看是看不出来的。

他们都走了，只留下满岛的荒凉。顾城与谢烨，曾经最相爱的两人，为再也抵达不了的梦，在死亡里画上了一笔凄美的永恒。

一个人弄错了爱，就像投错了胎。
你的样子就十分奇怪，一辈子也改不过来。
你的心问你的脑袋，怎么它老不明白。
要是你心里明白，怕已没了脑袋。

几天后，姐姐在顾城房间里的废纸堆里发现这首没有题目的诗。诗的旁边还画了一张可怜的怪脸。

后　记

顾城跟谢烨的死讯在文坛引起了巨大的轰动，他们的遗体被合葬在自己寓所后面的山上。

见过顾工的人说，在听到顾城的死讯后，这位老诗人一夜之间老了十岁。

顾乡嫁给了一个当地人，依旧住在激流岛。

小木耳已经长大成人，毕业于新西兰奥克兰大学的工科。他几乎不会说中文，也不喜欢跟别人谈父母的事情。在他小时候，顾乡曾与之前顾城夫妻寄养木耳的毛利人邻居打过官司争夺木耳的抚养权并最后胜诉，但现在木耳依然是两边都住，两边都是家。

唯一还出现在公众视野的是李英。1994 年 1 月，李英与刘湛秋在澳大利亚再次相遇结婚。她改名为麦琪，后出版书籍《魂断激流岛》《爱情伊妹儿》。2011 年，被查出鼻咽癌晚期，但她拒绝西医治疗，主要依靠食疗调理。从确诊病情开始，就几乎不再见任何外人，尤其是华人，也不希望朋友打电话给她。2014 年 1 月 8 日，刚过 50 岁的李英在悉尼的一家医院里去世，死讯鲜少人知。

目击众神死亡的草原上野花一片
远在远方的风比远方更远
我的琴声呜咽泪水全无
我把这远方的远归还草原
一个叫木头一个叫马尾
我的琴声呜咽泪水全无

远方只有在死亡中凝聚野花一片
明月如镜高悬草原映照千年岁月
我的琴声呜咽泪水全无 只身打马过草原

下篇

从明天起，做一个幸福的人
喂马，劈柴，周游世界
从明天起，关心粮食和蔬菜
我有一所房子，面朝大海，春暖花开

从明天起，和每一个亲人通信
告诉他们我的幸福
那幸福的闪电告诉我的
我将告诉每一个人

给每一条河每一座山取一个温暖的名字
陌生人，我也为你祝福
愿你有一个灿烂的前程
愿你有情人终成眷属
愿你在尘世获得幸福
我也愿面朝大海，春暖花开

我无限地热爱着新的一日
今天的太阳 今天的马 今天的花楸树
使我健康 富足 拥有一生

从黎明到黄昏
阳光充足
胜过一切过去的诗
幸福找到我
幸福说："瞧 这个诗人
他比我本人还要幸福"

在劈开了我的秋天
在劈开了我的骨头的秋天
我爱你，花楸树

海子

用我们横陈于地的骸骨
在沙滩上写下——青春

我想我已经够小心翼翼地
我的脚趾正好十个
我的手指正好十个
我生下来时哭几声
我死去时别人又哭
我不声不响地
带来自己这个包袱
尽管我不喜爱自己
但我还是悄悄打开

我不能放弃幸福
或相反
我以痛苦为生

小　序

你来人间一趟，你要看看太阳，要和你的心上人，一起走在街上。

——海子《夏天的太阳》

海子是一个生前落寞、死后成名的诗人。

他原名查海生，于 1964 年出生在安徽安庆农村一个再普通不过的农民家庭，海子从 1983 年开始写诗，这个笔名从 1985 年开始正式使用，他也就是从这个时候开始发表作品。到他 1989 年自杀，海子的诗歌创作生涯满打满算也不过七年的时间而已。

很多人以为“海子”这个笔名，顾名思义就是大海的儿子，其实“海子”的意思是高原上的湖泊。海子向往高原，他在短短的一生中去过两次西藏。太阳，河流，草原，大地，他的诗里也到处都是这样原始而旷远的本源意象。

“锥心泣血”，评论家们喜欢用这个词来形容海子的诗。

的确如此，海子的诗常常会勾起读者的痛觉。个体的生命跟死亡常常入诗，诗人的灵魂也常常在两者之间游荡轮回。海子的诗就像太阳暴晒下干裂的土地；又像在五月的田野里肆意欢腾着的金黄的麦浪，这金黄也会转瞬之间就变成荒凉。像悬崖上的纵身一跃；像一个独自望着窗外的姑娘，和她眸子里一闪而过的光亮。

海子的诗是来自远方的，那些句子总是离你很远，你们中间隔着旷野与田园，远到你看不真切。你想走向它，但是你越走近，它就好似离你更远了。于是你站定，它就远远地向你招手，像是在告别，又像是在问好。

1964 年在安徽安庆农村一个再普通不过的家庭，一个农民的孩子呱呱坠地。每一个生命的出现都将意味着一段传奇的开始，谁也不会料想到，从他的诗歌到死亡，这个名叫查海生的“传奇”将会在二十年之后的中国产生颠覆性的影响。

这一生他爱过四个女人，也有的人说是六个，可最后留在他身边的却一个都没有。她们各有各的好，都美好得如同怒放的青春还有午前的阳光一般。可惜在海子的人生中，这些都属于辜负与被辜负的一类。

海子写了七年的诗。从十八岁到二十五岁。七部长诗，九篇小说，二百多首抒情诗，近二百万字的著作，不知算不算等身，总之，他用这七年走完了精彩的一生。海子以十五岁之龄被北京大学法律系录取，作为全家的骄傲走出了小山村，开始了他在首都北京的生活。毕业后，海子留在中国政法大学任教。之后因为中国政法大学昌平校区的落成，作为老师的海子也跟着搬到了昌平。

海子生前的最后几年时光是在昌平度过的，这是一个距离北京六十多里地的小城。辗转在北京与昌平之间，海子也如同浮萍般飘摇沉浮于大都市与小城镇的落差之中。他的好朋友西川用三个词形容海子的生活，单调、孤独跟贫穷。

海子的房间里没有电视机跟收音机一类的物什。他不会跳舞，不会游泳，也不会骑自行车。其实，海子并不是一个内向的人，他很爱说话，也爱笑。可他也很容易沉浸在自己的悲伤里无法自拔。搬到昌平以后的海子，跟北京的朋友们的距离远了起来。他的生活也变得越来越封闭，除了吃饭、睡觉、上课，便是读书写作，时间仿佛都因单调而慢了下来。

据西川讲，海子习惯在每天晚上 7 点开始写作。

夜幕降临，黑暗中一团团雾气笼罩着群山，那是一切开始变得安静的时候，海子就好像一团火苗在一片安宁的夜色中安静地燃烧着自己，有时这火焰的颜色会黯淡下去，有时则会映得整面墙都是灿烂的明黄。

就这样一直烧到第二天清晨，诗人呼吸一口清晨潮湿的空气，他的眼皮开始打架，就躺上床开始休息。这一觉会睡上一整个上午，之后海子起来随便吃点东西、打扫房间，据说海子是个很爱干净的人。自杀之前还将房子打扫得干干净净，“像个坟墓”（西川语）。在把一切都收拾停当之后，他就开始读书，一直读到黄昏，黄昏对海子来说，又是一天新的开始。

1989 年 3 月 26 日黄昏，在山海关游荡了一个昼夜的海子卧轨自杀了，时年仅二十五岁。海子死时身边带了四本书，《新旧约全书》，梭罗的《瓦尔登湖》，海雅达尔的《孤筏重洋》和《康拉德小说选》。在这四本书中，意义最为重大的应该是《圣经》两卷书了。

海子笃信宗教与神秘主义，憧憬神迹。西川曾经还将海子的创作道路比作是从《新约》到《旧约》。

> 《新约》是思想而《旧约》是行动，《新约》是脑袋而《旧约》是无头英雄，《新约》是爱，是水，属母性，而《旧约》是暴力，是火，属父性；“以眼还眼，以牙还牙”不同于“一个人打你的右脸，你要把左脸也给他”，于是海子早期诗作中的人间少女后来变成了天堂中歌唱的持国和荷马。

从其他的三本书里，我们也能或多或少地找到海子的影子。海子崇尚原始与自然，抗拒工业社会对大自然与传统农业的蚕食。这一点在他的许多诗中都有体现，代表作《亚洲铜》中，海子就以一颗赤子之心热情讴歌了古老的中国大地，这与梭罗写作的主题有某种暗合之处。

或许也正是因为这一点，他才选择了纯净自然、回归心灵的《瓦尔登湖》。《康德拉小说选》中收录的九篇小说，大多描写主人公背负着沉重的心理负担，背井离乡，孤独流浪，染有悲观与神秘色彩。

至于《孤筏重洋》中的主人公，同样不被人理解，为了证明自己的猜想，而冒着生命危险进行了一场苦行僧般的行走。

可惜，主人公用性命作赌注所完成的航行，其实仍然不能最终证明他先前的猜想。这两本书中的主人公，都可以投影在孤独而苦闷的海子身上。海子的自杀，又何尝不是另一种意义上的远航呢。

值得注意的是，在《康德拉小说选》与《孤筏重洋》中，主人公大多选择出海航行作为流浪的方式，书中也都有大量的关于海洋的描写。这不得不让人想到海子最广为人知的诗句：“面朝大海，春暖花开。”其实不止是这一首诗，海子死前的一段时期，“大海”的意象频繁地出现在他的诗中，这也应该并非单纯的巧合。这一点，笔者在后文还会详述。

海子的死在诗坛引起了巨大的反响与争议。关于他的死因有无数的说法，其中大部分最终都被证实是穿凿附会。海子的一切都成了谜，包括他的生日，有人说海子生于愚人节。还有人说他的生日与忌日是同一天，他是在生日那天将自己作为礼物献祭给了上天。但据海子的母亲讲，海子的生日是在 3 月 24 日。无论是这一时间点的选择还是人们对于海子死因的揣测，尘埃落定之后依然是人们津津乐道的话题。

“面朝大海，春暖花开。”无数的崇拜者被这句诗所打动。这八个字也似乎成了海子本人的代言词，在人们的心中，纵然海子远逝，但他对于生存的希望与追寻不曾磨灭。

一群群的诗歌爱好者们去寻访海子的故居，听海子年迈的父母讲几句海子的往事，把眼泪洒在海子的故乡。他们在海子墓前大声地朗读诗歌，伴着枕畔的夜色，在梦里一遍遍地呼唤着他的名字。

当然不喜欢海子的人也很多，批评声从来就不断，他们拿出一两首诗，分析几句，然后便法官般地宣判，海子的诗被过于高估了。

这个生前无比落寞的诗人，在死后终于得到了他早该得到的一切。流言，猜测，赞誉跟诋毁。只不过这一切海子都将无从知晓。不过这又如何呢，所有的一切终将被时间的巨轮碾碎，如同铁轨上海子残缺的躯体一般，尘归尘，土归土。

真正得到不朽的只有一样，那就是他的诗。

卷一

我的死与任何人无关

自杀者之歌

故事不如就从山海关讲起。

1989 年 3 月 26 日，黄昏时分。望不到起点也望不到尽头的铁轨在群山之间蜿蜒地延伸着，落日并不刺眼，只是红得温柔，染得漫天云霞姹紫嫣红。

徘徊了一昼夜，诗人终于选定这里作为他的断头台。他抱着几本书，静静地躺在铁轨上等待着死亡的到来。

> 正是黄昏时分，无头英雄手指落日。
>
> 手指落日和天空，眼含尘土和热血。
>
> 扶着马头倒下。
>
> ——海子《太阳》

再望一眼这个留下过无数美好回忆的人间，实在不能说是一点留恋也没有。可是非死不可了吗。诗人默问自己。他的胸腔随着粗重的呼吸上下起伏着。“不死不成。”诗人终于还是下定了决心。

或许这结局从来就是注定了。这世间从来就没有活着的烈士。母亲，朋友，世界，道一声抱歉，还望各自珍重。

大地开始传来微弱的震颤，越来越近的轰鸣声。诗人向着天空张开双臂，是的，我来了，向着自由，向着光亮。

一列满载货物的火车驶过，汽笛长鸣。所有的所有，就是为了这仅仅一瞬间的壮烈。诗人的躯壳被撕裂开去，强烈的疼痛只持续了数秒。剧痛中，诗人的灵魂从躯体中升腾向上，在空中凝视着他四散的肉体。那温热的血肉瞬间便被泥土沾染，残缺的诗人被大地母亲热烈地拥抱着。欢迎回家，我的孩子。

伏在下午的水中，窗帘一掀一掀，一两根树枝伸过来。

肉体，水面的宝石，是对半分裂的瓶子，瓶里的水不能分裂。

伏在一具斧子上，像伏在一具琴上。

还有绳索，盘在床底下。

林间的太阳砍断你，像砍断南风。

你把枪打开，独自走回故乡。

像一只鸽子，倒在猩红的篮子上。

——海子《自杀者之歌》

海子死了，随着呼啸而过的火车，车轮滚滚下残躯的血液很快就流干了，那刺眼的鲜红也慢慢黯淡下去。仅仅二十五岁的年轻生命就这样，不再鲜活。

投水，斧劈，上吊，枪击。长久以来，海子不断地在诗歌中暗示着死亡对自己的召唤。早在 1986 年，海子就曾有过自杀未遂的经历。在海子短短的人生中，他曾经幻想过无数自杀的方式，并最终选择了卧轨。西川曾提到过：“海子选择卧轨，或许是因为他不可能选择从飞机上往下跳；在诸种可能的自杀方式中，卧轨似乎是最便当、最干净、最尊严的一种方式。”

除此之外，选择卧轨也许也跟海子诗中经常出现的“天梯”意象有关。在海子眼中，铁轨是最近乎于天梯的存在，“在天空和大地之间，天梯静静地支撑在中间”。海子似乎相信踏着那一节节枕木，他的灵魂真的可以攀到天上去。

海子留下了五封遗书，这些遗书成了人们探寻海子最后足迹的凭证。海子死前受到的严重幻听折磨彻底摧毁了他，时刻紧绷的神经令他筋疲力尽，无法静下心来创作，也无法信任任何人，有一股无形的影子萦绕周遭。

他看见了黑色的魔鬼，恐怖的地狱，血与雪的交锋；海子经常幻想自己处于一个无路可退、无处可逃的绝境中，这让他恐惧。有时，这恐惧甚至会让他昏迷，而当他醒来之后，则又会陷入更深一层的幻象之中。

根据海子的描述，他当时似乎是陷入了被害妄想的旋涡中。他陷得太深了，还将臆想出的一切罪恶都归咎于他的两个朋友，并且称他们是“道教巫徒”。海子沉迷于藏教文化，他去过两次西藏，还偷回了有助他修炼西藏密宗气功的佛像。

可以说，海子在自杀之前已经处于一种非常偏执而癫狂的状态中，可在最后面对死亡的时刻，海子似乎清醒了一阵子，他留下了这么一张字条：“我是中国政法大学哲学教研室教师，我叫查海生，我的死与任何人无关。”这也是这个诗人留在世界上的最后一句话。

海子的好朋友西川在回忆海子的文章中写道，1987 年后的海子，崇尚一种“道家暴力”，西川在文章中这样解释这个有些奇怪的名词：

道者，天道，太初有道之道，道可道非常道之道，可这与暴力有什么关系呢？海子把道形象化为一柄悬挂于头顶的利斧，可道为什么只能是利斧而不能是别的呢？1987年以后，海子放弃了其诗歌中母性、水质的爱，而转向一种父性、烈火般的复仇。他特别赞赏鲁迅对待社会、世人“一个也不原谅”的态度。

他的复仇之斧、道之斧挥舞起来，真像天上那严厉的“老爷子”。但海子毕竟是海子，他没有把这利斧挥向别人，而是挥向了自己，也就是说他首先向自己复仇。他蔑视那“自我原谅”的抒情诗。他死于道。

时间轴再向前推上一周，在一个阴沉的星期五，海子又见到了他已为人妻的初恋情人波婉，她是海子一生所深爱的人。这次的相见似乎并不愉快，波婉的冷淡又一次勾起了海子的伤心事，晚上与同事一起喝酒时，不胜酒力的海子讲了许多与波婉的往事。

第二天宿醉醒来，依稀觉得自己酒后失言的海子懊悔极了。3月20日，四天没有吃东西的海子找到苇岸询问那日酒后的详细情况。苇岸说他并没有讲什么，但海子仍然固执地认为自己讲了许多会对波婉造成伤害的话。海子非常自责，他觉得自己对不起自己所爱的人。海子无法原谅自己，他背叛了她，也就是背叛了爱情。

后来海子的朋友们想起这件事，觉得这或许就是压垮海子的最后一根稻草。海子最好的朋友骆一禾和西川都很懊悔，当时没有好好跟海子谈谈，打开他的心结。可惜一切都已经来不及了。

病句走大运

海子的自杀，是20世纪80年代诗坛的两件大事之一。自海子之后，先后有十四位诗人自杀或亡故，死亡的气息笼罩着中国诗坛。对海子的讨论甚至成了一种现象，他的名字也无数次地被提起，被批评，被赞颂，被过度诠释。

> 西川曾经说过：海子自杀激怒了两类人：一类是那些怀有高尚然而脆弱的道德理想的读者；另一类便是自身尚在谋取功名的诗人。我在美国出版的《一行》诗刊上读到过这样一句莫名其妙的叹语："怎么让这小子玩了头一把？"似乎在自杀上也有一个优先权的问题，似乎海子从对诗歌语言的霸占最终走到了对死亡的霸占，似乎海子的死废掉了别人的死。

在海子去世十多年后，一位自称是海子大学同窗的学者专门撰写了一篇文章批评海子的诗，文章名叫《病句行大运》。文中，作者回忆了大学时期海子的逸事，并亲切地称海子为“冬子”，其后则笔锋一转，选取了海子的两首诗:《天鹅》《面朝大海，春暖花开》，逐句点评，以证明海子的诗是“逻辑混乱，语言杂乱，病句百出”的劣作。

笔者有幸拜读过这篇“大作”，实在不以为然。

这篇文章的作者认为，“在我的泥土上”应该改为“在我生活的土地上”；“从明天起，关心粮食和蔬菜。我有一所房子，面朝大海，春暖花开”，这一句应该改为“从明天起，多吃水果和蔬菜，并拥有一所房子，面朝大海，春暖花开”才算得更真诚更可爱，“幸福的闪电”也不妥当，应该改为“幸福的河流”，这样福泽才显得深厚些。

这些所谓的病句经过作者的“治疗”，在逻辑与语法上可以说是健全极了。可经这一改，整首诗的美感也被毁得一塌糊涂。诗歌是一种极端感性的东西，它的魅力恰恰在于在字与词的自由组合之间形成的无限情感可能。很多时候，一个有偏差的关联词，一个看似不甚贴切的比喻，这些地方的某一个小点，常常就会被读者敏锐的神经捕捉到。那个时刻读者就能感受到隐藏在文字背后的那颗同样敏锐的诗人之心。

当然，各人有各人的喜好，齐整的诗也自有齐整的美处。对于诗来说，从来就没有什么绝对的对错。可假如这齐整过多，诗就变成文字游戏了，在这个世界上，真的东西反倒大多是不齐整的。很显然，海子的诗之所以能让无数人为之感动，也绝不仅仅是“走大运”那么简单。

从明天起，做一个幸福的人。

喂马、劈柴，周游世界。

从明天起，关心粮食和蔬菜。

我有一所房子，面朝大海，春暖花开。

从明天起，和每一个亲人通信，告诉他们我的幸福。

那幸福的闪电告诉我的，我将告诉每一个人。

给每一条河每一座山取一个温暖的名字。

陌生人，我也为你祝福。

愿你有一个灿烂的前程，

愿你有情人终成眷属，

愿你在尘世获得幸福，

我只愿面朝大海，春暖花开。

——海子《面朝大海，春暖花开》

这首诗作于 1989 年 1 月 13 日。初读来，诗歌传递给我们是非常干净又明朗的气息。想到两个月后，写下如此诗句的海子会选择轻生，不禁让人为之遗憾。说来也奇怪，就是这一段时期，海子的诗歌中频频出现与大海有关的意象，像《献给太平洋》《太平洋上的贾宝玉》等，有人推测，此时的海子也许在考虑投海自杀，这个推测并没有什么有力的佐证。但据海子在昌平的友人说，海子的确跟他讨论过自杀的方式，其中也谈到了投海。

这首诗表面看上去充满温暖与希望的诗歌，再细细品读几遍，便会发觉其中不一样的深意。当诗歌外表被一层层剥离，其内里所隐藏的悲伤也就显现出本来的色彩。

诗歌的第一段，连用了三个“从明天起”，这是很明显的兴之所至的句型，它暗示着今天的诗人并算不得幸福。

“从明天起，我要如何如何”，听到这个句子，我们每个人都会产生一种似曾相识的感觉吧。每一天，在这个世界的每个角落，都有人在这样说着，可是大多数的时候，等到人们口中那个所谓的明天真的到来的时候，“如何如何”又变成了下一个明天要做的事。

是什么让诗人做出了想要改变的姿态，是“幸福的闪电”，闪电总是出现在遥远的夜空，它一瞬间就会消失不见。幸福感虽然很强烈，但它是诗人难以碰触到的一种稍纵即逝的感受，却依旧令诗人的内心得到了安慰，为此他要给每一条河每一座山取一个温暖的名字，让整个世界都获得新生。

就连陌生人海子也愿意祝福。可是对于诗人自己呢。他只愿面朝大海，春暖花开。海面上又怎么会开出花来呢，面朝着大海，诗人眼中的春暖花开就仅仅是他心中的幻想了。而海子只要幻象就已经满足了，在祝福了整个世界之后，他最终还是选择留在忠于自己干净的精神世界中。而他选择忠于自己的方式，便是轻生。

“我要做远方的忠诚的儿子，和物质的短暂情人。”关心粮食与蔬菜的海子，也如同闪电般照亮了夜空。可是在理想的诗意人生与现实负累之间开始了漫长的对峙与撕扯，这压得海子喘不过气来，最终一步步走向了毁灭的深渊。

春天，十个海子

春天，十个海子全部复活。

在光明的景色中，嘲笑这一个野蛮而悲伤的海子

你这么长久地沉睡到底是为了什么？

春天，十个海子低低地怒吼。

围着你和我跳舞、唱歌。

扯乱你的黑头发，骑上你飞奔而去，尘土飞扬。

你被劈开的疼痛在大地弥漫。

在春天，野蛮而悲伤的海子就剩下这一个，最后一个。

这是一个黑夜的儿子，沉浸于冬天，倾心死亡。

不能自拔，热爱着空虚而寒冷的乡村。

那里的谷物高高堆起，遮住了窗户。

它们一半用于一家六口人的嘴，吃和胃。

一半用于农业，他们自己繁殖。

大风从东刮到西，从北刮到南，无视黑暗和黎明。

你所说的曙光究竟是什么意思。

——海子《春天，十个海子》

这首诗作于1989年3月14日的凌晨，是海子留在人世间的最后一首诗。诗中“野蛮而悲伤”的海子已经是一个故者，这个海子是属于黑夜的，他“沉浸于冬天，倾心死亡”，甚至连复活的海子们都在嘲笑他的没有意义的长久的沉睡，这十个虚幻的海子撕扯着现今这个最真实不过的海子。

“复活的十个海子”可以是海子本身内在分裂的某些部分，也可以是平行时空中的各个海子，或许有一个农民海子，还有一个乡村教师海子，然而所有的这些海子无一例外地处在光明的境地中，可真的海子却选择了唯一的一条走向黑暗的小路。

海子“热爱着空虚而寒冷的乡村”，这乡村大概就是指海子的故乡。父母、海子和三个弟弟，诗中所说“一家六口人”年复一年，春播秋收，看田野从绿色转到金黄。在被谷堆遮住了窗户的房子里，一天天长大，一天天老去，海子属于这里，他本该这样恬淡地过一生。

我本是农家子弟。

我本应该成为，迷雾退去的河岸上，年轻的乡村教师。

从都会师院毕业后，在一个黎明，

和一位纯朴的农家少女，一起陷入情网。

——海子《诗人叶赛宁》

据说那里真的有一位淳朴的农家少女，她叫芦花。海子在诗中将她称为自己的妹妹。而海子的母亲则总是说，芦花本该是我家的媳妇。假如海子没有去上北大，或许他真的就会跟这个姑娘结婚生子，平淡又美满地度过一生。

“农村生活至少可以让我写上十五年。”说着这话的海子还是离开了他本不该离开的家，坐上火车去了北京。大城市的风也很大，那狂妄的大风“从东刮到西，从北刮到南，无视黑暗与黎明”，海子在漫天的风中行走，寻找着别人口中的“曙光”，可惜风中没有光，有的只是无边无际的昏暗与黄沙。走了很久的路，海子终于绝望了。

完成此诗的十二天后海子就卧轨自杀了。海子用他被劈开的躯壳给当时灰蒙蒙的诗坛注入了一抹残忍的红色，也给中国现代的田园诗歌画上了一个生硬的句号。

“自海子之后，中国不再有田园诗。”这句评论或许过于绝对，但也不无道理。在短暂的“麦地诗潮”过后，中国的田园诗歌的确陷入了漫长的冬歇期，鲜有佳作，甚至可以说直到今天，雪还在落。

“你被劈开的疼痛在大地弥漫。”读罢诗中的这一句，任谁都会不禁打一个寒噤，联想到卧轨自杀的海子，句中的暗示未免过于明显。

其实在决定自杀之前，海子也在绝望的边界线上挣扎了很久，他曾经想托好友帮忙将自己调进北京的《十月》杂志当编辑，但终于没有成功。也想过辞去教职，跟同学一起去海南办报纸。却遭到父亲强烈的反对。多年后，海子的父亲还对自己当年的反对懊悔不已：“现在想想不如让他去，也许他现在还活着。”

很多人指责海子选择自杀的背后的极端自私，为了送海子去北京上学，这个贫穷的农村家庭四处举债，可学成后的海子却没有挑起他本该担当的大梁。一面是年迈的父母与未成年的弟弟，一面是沦陷在诗歌中的彷徨与痛苦，当他踟蹰的生命最终倾倒在死亡脚下，不仅宣告了一个诗歌天才的覆灭，更是割断了一个家庭的希望。而细细想来，当时饱受精神压抑困扰的海子尚且不能自持，更无从有余力去顾及整个家庭的感受，这样的苛责显然有失公允。

海子并非不爱自己的家，他上班的第一个月就往回家寄了六十块钱，这是他全部工资的三分之二。上班不久后，海子就用自己省吃俭用攒下的五百块钱给家里买了一台黑白电视机，电视机在当时的农村是稀罕物件儿，一经出现便在村里引起了不小的轰动。

想象着父母满溢着骄傲的笑容，出门在外的儿子用这种方式默默表达着自己的孝心。而在海子自己的房间里，甚至连个收音机的影子也找不到。海子也曾将母亲接去过昌平，临别时还给了母亲三百块钱。他也打算过以后为乡下的父亲开一间旧书店。及至后来，自顾不暇的海子已经完全迷失在混乱的精神里，魔鬼般的折磨早已让他忘却了一个为人子的身份。

“我热爱农村，平静、和谐、人与人之间是那么纯朴。寒假我在老家，走访了我一位高中同学，乡村的教师。唉，他们过得才叫滋润。我甚至想，什么时候辞掉大学老师去做乡村教师，与淳朴的农家姑娘恋爱。村姑们多美啊，月亮一般。”

或许这个故事一开始就错了，可是究竟是何种力量一步步推动着走到如今，蓦然回首，往昔的一幕幕渐渐浮出水面。

卷二

我从泥土中来

我生下来哭几声

1964 年 3 月 24 日午后，乡间的风温柔如水，和煦的阳光轻抚着大地。安徽省安庆市怀宁县高河镇查家湾，这个小村庄里的一户普通的农家传出了一阵嘹亮的啼哭声，一个小生命就此诞生了。这是查正全家的第三个孩子，前两个女儿都因病夭折后，这个孩子的降生简直是上天送来的礼物，正用他响亮的哭声抚慰着查正全夫妻伤痕累累的心。

“是个男孩！”父亲查正全将儿子高高举起，欣喜地宣布着。一束阳光透过窗楹投射在母亲操采菊苍白的脸上，她终于露出了淡淡的微笑，她一直紧紧地盯着丈夫怀中的小婴孩，生怕下一秒他就会消失了似的。

男孩五行缺水，又恰好属龙，传说龙都是生活在大海里的，因此夫妻俩给孩子取名查海生，希望他能健康茁壮地长大，不要再给这个已经承受了太多的家带来更多的眼泪了。这个被查正全夫妻寄予厚望的小男孩，就是后来为人们所熟知的海子。

终于，这一次夫妻俩的期望并没有落空，小海生沐浴在全家人慈爱的目光中，在母亲的怀抱里大口大口地吮吸着乳汁，后来母亲的奶水下不来了，为了保证孩子的营养，爱子心切的父亲费了好大的劲儿才买回了红糖。夫妻俩还省吃俭用为宝贝儿子买了一辆小小的木头车，屋檐下，田埂边，蹒跚学步的小海生拉着奶奶的手到处走来走去，用他稚嫩的声音呼唤着父亲母亲。

海子的降临给这个家庭重新带来了温暖和欢笑，之后的几年，母亲又给他添了三个弟弟，但这也让这个本来就挣扎在贫困线上的家庭的日子更加艰难起来。

虽说父亲会一门裁缝的手艺，可在这个家家都为填饱肚子而发愁的年代，这门手艺并不能为这个家带来多少收益。一锅红米粥、一盘腌萝卜就是一顿不错的伙食了，吃不饱是常有的事，但年幼的海子并没有觉得什么，这些只不过增添了一份他对土地与粮食的特殊感情。

那个年代的孩子们懂事都早。自从有了弟弟，海子就一下子觉得自己长大了。在家里，没有什么东西是完全属于海子自己的，所有的一切都要跟他的三个弟弟共享，就连衣服也是一样，但是作为长子的海子从来也没有觉得这有什么，照顾弟弟本来就是为人兄长的本分。

到了上学的年龄，每次放学回家吃饭时，海子都会让弟弟们先吃，然后他才吃弟弟们剩下的饭菜。海子的行为母亲都看在眼里，她既心疼又欣慰。

母亲是读过几年书的，夏夜里，母亲边给海子扇着蒲扇，边讲故事哄海子入睡。月亮很亮，夜空中缀满了石榴籽般的星星。海子喜欢依偎在母亲温柔的怀抱中，合着周围的蝉鸣，听讲故事的声音穿过夜色在脑海中划出一个光怪陆离的想象世界。

母亲讲着，她的睫毛顺着每一个音节在轻轻颤动，海子就这样静静地沉浸在故事情节之中。母亲怀中年幼的海子感到安全又幸福，他很快就带着浅笑睡去了。

风很美，果实很美。

小小的风很美，自然界的乳房也美。

水很美，水啊。

无人和你，说话的时刻很美。

你家中破旧的门，遮住的贫穷很美。

风，吹遍草原。

马的骨头，绿了。

——选自海子《给母亲》

不光是讲故事，母亲还会找出家里的旧书旧报教海子识字。海子学字的速度常常让母亲吃惊，她试着慢慢增加了难度，但海子总能游刃有余地完成。没过多久，四岁的海子甚至都可以背诵毛主席语录上的句子了，母亲的心里惊喜极了。

母亲的笑容给了海子莫大的鼓励，渐渐地，他越背越多越背越好。后来，每当吃完晚饭闲下来时，全家人都聚起来坐在小矮凳上看海子表演，他昂着头，学着大人们的样子，有模有样地背起来，竟是一字不差。

不久之后，得知村里将举行毛主席语录的背诵会时，一个大胆的念头闪过查正全的脑海——何不让小海生去试试，在这么多人面前背诵，这也算是难得的锻炼机会。

就这样，在又一天晚饭后海子的背诵表演后，查正全满面笑容地问儿子，给你也报名参加背诵会，你怕不怕。海子一愣，看向母亲的方向，母亲的眼神里满是肯定跟鼓励，于是海子大声回答，我不怕。就这样，查正全为儿子报了名，还亲手为儿子赶制出了一套卡其色的小制服。

背诵会当天，当台下的乡亲们得知查裁缝家四岁的儿子也要上台比赛时，会场一下子就炸开了锅。当查正全将穿着一身崭新的制服的海子抱上台时，台下又一次爆发出哄笑声。第一次站在这么多人面前的海子不由得有些紧张，但是他很快就镇静下来，就跟平时在家背诵时一样，海子深吸一口气，开始了他的“表演”。背诵了几句之后，台下的村民们就安静下来了，这么小的孩子，竟然背得有模有样，一口气下来居然一字不差。

这时已经有几个相熟的村民向查正全使眼色竖大拇指了，查正全不好意思地摆摆手，神色中却带着一丝自豪，好像在说，好戏还在后头呢。随着海子越背越多，越背声音越洪亮，台下的村民们都张大了嘴巴，瞪大了眼睛，他们没有想到，一个这么小的孩子居然可以抢了所有大人的风头。

终于，海子背完了。一刹那的安静之后，会场中爆发出了雷鸣般的掌声，惊叹声，喝彩声，整个查家湾都沸腾起来了。父亲跑上台去，将他亲爱的儿子举得高高的。海子的小脸涨得通红，看到父亲洋溢着幸福的脸颊，海子也不由得笑了起来。

这次的背诵会上，海子毫无疑问地拿到了第一名，海子的早慧也在查家湾传遍了。查裁缝家有个天才的儿子！家家户户茶余饭后都津津乐道着海子背诵《毛主席语录》时的场面。小海生可谓是“一战成名天下知”了。

父亲的心里乐开了花。他心里隐隐地感觉到，这个孩子跟他不同，他这辈子注定是要埋头在土地里了，可小海生说不定可以走出祖祖辈辈囿居的这方天地，去外面的世界里闯一闯。

他有预感，这个孩子以后一定会有大出息。因此这一年学校开学的时候，父亲就将小海生送进了学校。四岁的海子是班里年龄最小、个子最矮的。他坐在第一排，凳子上还要钉几块木板才能够得到桌面、看清黑板。可是此时的小海生学习起来的劲头，一点也不比别人差。

时间开始了，扭转海子命运的钥匙插进了锁孔，在这一刻开始缓缓转动。

五岁的黎明，五岁的马

家里的条件本就不宽裕，一家老小的生计全靠查正全夫妇每天辛苦劳作挣的那一点工分。这么早就送海子去上学，查正全夫妇肩膀上的担子也就更重了。

日子一天天过去，父亲的脊梁越弯越低，母亲柔嫩的手心里也早就生出了一层叠一层的老茧。海子看在眼里，疼在心里，他也想过辍学回家，为父母分担一些压力。可是海子刚将这个想法说出来，就被父亲狠狠地训斥了。

海子心里明白，父母这样辛苦全是为了自己，他们是对自己寄予了天大的指望。海子不可以退缩了，他只有暗暗地咬牙下决心更加努力地学习。海子的确没有让父亲失望，不论是作文还是算术，他都表现出惊人的天赋。

一个学期下来，他的成绩漂亮极了，这个小不点儿将所有比他大的孩子们都远远地甩在了后面。每当想起争气的儿子，父亲拿锄头的手就似乎充满了力气。母亲也将海子拿回家的大红奖状贴在了墙上最显眼的地方。

海子的“争气”也令所有的村民们羡慕，查正全走到哪里，都会被村民们盘问几句教育儿子的秘籍。看别人竖起大拇指称赞几句小海生，再摇摇头抱怨几句自家的孩子，查正全被生活压弯了的腰杆就似乎又挺直了一些。的确，小海生就是这个家最大的骄傲了，为了他有朝一日能走出这个小地方，吃多大的苦都是值得的。

平淡如水的日子就这么一天天地过去。长大一些的海子也利用课余时间去生产队里割割猪草，到了年底，攒下的工分常常能换回几十斤粮食。摩挲着沉甸甸的麦穗，海子感到无比的充实。

对粮食的热爱流淌在每个农家子弟的血液里，海子也不例外。对那个时候的海子来说，一年之中，只有过年的时候能吃上几天好饭，一家人围坐在一起，温暖的灯光照耀在每个人脸上。多年后，这样的场景在离家漂泊的海子心里不知道回味了多少次。

除了过年，其余的日子可就没有那么舒服了。每天天不亮，海子就要起床去割猪草，绵绵的细雨洒在嫩绿的田野上，天色灰蒙，雨雾朦胧，查家湾已经热闹起来了，村间的小路上随处可见背着竹篓去打猪草的人们，他们戴着草帽，哼着黄梅小调，向着村边的小树林方向走去。

海子也总在其中。草上都还沾着晶莹的露珠，海子挥舞着镰刀，不一会就装满了背后的竹篓。割完了猪草，他便大汗淋漓地赶回家，看看今天锅里是不是有吃的，有的话就热一热吃。没有的话，那就只有饿着肚子去上学了。

课间的时候，这群肚子空空的孩子们要么就拿着木刀木枪嬉闹，要么就会变着花样儿的想法儿填饱肚子，爬到树上摘野果，跑去庄稼地里偷挖几块芋头或茭白，或是一个猛子扎进池塘里挖莲藕。

海子总是玩得最疯的那一个，虽然大多数孩子都比他大，但或许是因为海子的声名远播，大家都愿意听他的号召。

乡下孩子的童年总是幸福的，笑声洒落在田间地头，村头村尾。物质的匮乏并没有影响到他们的成长，生活反而用它粗粝的手掌为这些孩子们打磨出了结实的身体与坚韧的心性。

五岁的黎明，五岁的马，你面朝江水坐下。

四处漂泊，向不谙世事的少女，向安庆城中心神不定的姨妹。

打听你，谈论你。

可能是妹妹，也可能是姐姐，

可能是姻缘，也可能是友情。

——海子《给安庆》

多年以后，在安庆乡下度过的幸福童年，依旧是海子心底最温暖的寄托。长大了，走出了桃花源的海子，才明白外面的世界并不像他曾经以为的那么美好。

其实最美好的东西，上天早就赐予了他。

单翅鸟

1974 年，海子已经跳级考进了高河中学读初中。

学校距家有好几里路，十岁的海子不得不开始了他的住校生活，每周去上学前都要背上一周的食物，母亲每次都会为海子准备好腌萝卜，让海子拿到学校食堂里蒸熟吃。到了周末，母亲还会为海子准备上一盘清炒白菜，这已经是这个家所能提供的最好的伙食了。

在当时的查家湾，读到小学毕业便算是完成了学业，多数的孩子们都不再升学，而是各自回家里帮衬了。识几个字，会写自己的名字，会简单的算术，这对一个农家子弟来说已经足够。

儿时的玩伴都忙于地里的活计，放假回家时，要照顾几个弟弟，还要抽出时间来学习，成群结伙去田里偷挖芋头的日子一去不复返了，海子无忧无虑的童年生活到这里也画上句号了。

这时的海子迷上了读小说，翻开一本小说就如同进入一个完全不同的世界。当时小说并不好借，但海子还是会想尽一切办法委托同学借小说来看。读小说跟听母亲讲故事完全是两种不同的感受，书里有无数新鲜的玩意儿，那是这个小山村之外的大世界，那是海子从来没有见过的精彩。

学习之余，海子就如同一条蛟龙，在小说的海里翻腾驰骋，他的鳞片发出金色的光芒来。海子的作文里总是充满了新奇的想象，他在文学上的天赋异禀正在一点点显现出来。

1977 年，“文化大革命”结束了，国家正式宣布恢复高考制度。这个消息让海子的内心激动不已，这意味着他也有机会坐火车离开这个小山村，去小说里描述的那个大千世界里读书。

这一年，海子在中考中也脱颖而出。这个成绩本来可以进入安庆市一中，但是因为高河中学离家更近，学费更低，懂事的海子还是选择了留在这里继续读高中。海子知道，不管在哪个学校，只要自己加倍努力，都能学到东西。

高中的课程一下子难了很多，但对海子来说这并不是什么大问题，聪明加勤奋，使海子每一门课的成绩都非常优秀。

转眼就到了文理分科的时候，在跟老师商量之后，海子跟从自己的意愿选择了文科。可是当海子将这个决定告知父亲的时候，父亲却勃然大怒。查正全一直觉得海子的理科非常优秀，以后非常有可能可以成为一名工程师。而工程师，就从查正全打听到的消息来看，俨然是这世界上最优秀的职业了。海子却选择放弃这个梦想般的职业，转而学文科，将来去做“酸秀才”。查正全无论如何也不允许海子这样“糟蹋”自己的人生。

跟父亲僵持不下的海子只好回到学校向老师说明情况，要转到理科班。还好，海子很幸运地遇上了一个明智而又负责的老师，他非常欣赏海子的文章，于是亲自到海子家里做了一次家访，劝说查正全同意海子选择文科。

选择文科以后也是能找到好工作的。这个强有力的理由终于说服了查正全，老师说的话总不会有错吧。就这样，海子终于如愿地进入了文科班。

分科之后的课程更加紧张起来，所有的人都知道，要想走出这面朝黄土背朝天的命运，高考这条独木桥或许就是他们唯一的机会了。

竞争越来越激烈，海子的成绩出现了一些波动，他的心里也开始着急了，学业的压力使得海子身心俱疲。可是每当周末回到家，看着早出晚归的父亲，忙里忙外的母亲，海子就觉得自己浑身又充满了力量。

海子每天吃着腌萝卜加清炒白菜，整个人都扑进了书本里，高考一天天地逼近，海子的成绩终于在最后的几个月里又回到了最前列。

终于，高考结束了。走出考场的那一刻起，海子似乎已经看到外面的世界在向他招手了。

得知自己考上大学时，海子一口气跑到了几里外的学校确认消息。370 分，连老师都为海子激动。报考完志愿的海子又陷入了焦急的等待中，当终于接到北京大学法律系的录取通知书时，海子忍不住在家里兴奋地大喊大叫，全家人高兴地一宿都无法入睡。

第二天，查正全下了一个大决定，将家里那头两百多斤的老母猪杀了，请客吃饭。查家湾出了一个十五岁的北大生，这在当地引起了不小的轰动。海子又一次出名了。而最让海子兴奋的，是他终于可以坐上火车去外面的世界看看了。

告别了故乡，告别了亲人，满载着一家人的期望，满载着无数艳羡的目光，火车的汽笛长鸣，海子的流浪也自此开始了。

单翅鸟为什么要飞呢。

为什么，头朝着天地。

躺着许多束朴素的光线。

菩提，菩提想起。

石头，那么多被天空磨平的面孔。

都很陌生，堆积着世界的一半。

摸摸周围，你就会拣起一块，砸碎另一块。

单翅鸟为什么要飞呢。

我为什么，喝下自己的影子。

揪着头发作为翅膀，离开。

也不知天黑了没有。

穿过自己的手掌比穿过别人的墙壁还难。

单翅鸟，为什么要飞呢。

肥胖的花朵，喷出水。

我眯着眼睛离开，居住了很久的心和世界。

你们都不醒来。

我为什么，为什么要飞呢

——选自海子《单翅鸟》

坐上火车，到远方去看看。

这个时候满心想飞出这个小村庄的海子并没有想过，他所要寻找的远方到底是什么样子，他的寻找又到底是为了什么。这一切似乎都是从他的骨子里自然而然生出的冲动。

海子天生就是一只单翅鸟，他被神选中了，他的与众不同是天生的。在一条航线上飞了太久，不知道为什么要飞，也不知道目的地是哪里。

这个世界睡着，也不知天黑了没有。单翅鸟满心兴奋地离开了他的巢，他怎么也算不到，此生的命注定死于途中。

你不用去算命，命早就在算你。

卷三

在路上

北大三剑客

北京，这两个字在海子心里简直神圣得不得了。

下了火车，大城市的气息一下子扑面而来。拥挤的人群，热闹的市场，似乎这里的空气都比安庆的要黏稠些似的。

实实在在地踏上了外面世界的土地，海子却不适应起来，最初的兴奋很快被不安与惶恐所代替。海子摸一摸口袋，母亲临别前塞给自己的三十块钱，还好，还在那里。这是母亲东拼西凑借来的，想到这里，海子又记起临别时母亲抹泪的样子，心里杂糅着说不清的酸涩。这个十五岁的少年怀着他那颗惴惴不安的心走向了他心心念念的北京大学。

班里大部分同学的年龄都比海子大很多，内敛又纯真的海子很快就受到了大家的喜欢。海子的个子不高，鹅蛋脸，加上一双总是闪着光亮的大眼睛，像极了电影《闪闪的红星》中的潘冬子，于是，同学们就给海子起了一个“冬子”的外号。

当时的北大校园里朦胧诗正盛，流传最广的杂志便是北岛、芒克等人创办的杂志《今天》。海子最初开始写诗，是在大学三年级，但是没有人知道海子最初的半年中，到底写出了怎样的作品。当时学校里有很多文学社团，海子并没有参加。但是在一次机缘巧合之下，他结识了中文系的骆一禾，又通过骆一禾认识了英文系的西川，三个人很快成为了好朋友。

三个人之中，西川的风格跟海子很不一样，海子的诗像一幅激情所至的泼彩山水，而西川的诗则如同一幅精工的写实油画。骆一禾则与海子颇有几分相似，因此两人的关系也更亲密一些。后来，人们将他们称为“北大三剑客”。另有一说，还加上了老木，合称“北大四才子”。

骆一禾跟西川都对海子的诗很是欣赏，三人也总是一起写诗，一起投稿，可是唯独海子的投稿总是被退回，这对海子的打击非常大。刚刚开始写诗的海子，还怯于将自己的作品拿出来跟别人交流讨论，加上总是被退稿，海子对自己的诗作也越来越没有了信心。虽然有一禾与西川的鼓励，但更多的时候，他还是选择自己一个人静静地待在未名湖畔，看着阳光透过柳枝投在地上的阴影，让自己的思绪随着湖畔的微风摇曳。

经过近一年时间的准备，1983 年 6 月，海子终于鼓起勇气，印发了他的第一本诗集《小站》，这本薄薄的诗集只印发了20册，分送给了一些诗友。“我期望着理解和交流，”海子在《小站》的后记上这样写道，“对宽容我的我回报以宽容，对伸出手臂的我同样伸出手臂。因为对话是人性最美好的姿势，对帮助我从幼稚走向成熟的，我以更加成熟的产品奉献给他。”

《小站》在北大的诗友圈中广受好评。可是跟海子后来的诗相比，这本诗集中的诗常被认为尚欠火候。其中比较优秀的是第一辑“给土地”，常被认为颇受朦胧派诗人杨炼与江河的影响。还有一首《小叙事》，则被认为颇具顾城之风。

在这个，小小的人世上。

我向许多陌生的人打听过你。

和许多动植物，和象形文字，讨论过你。

夏夜，我加入天真的，萤虫小分队。

凭那么一点点，微热的光亮，竟找到你的村头。

伙伴们，被一把又一把蒲扇，扇落。

孩子们可爱的愿望，和透明的小瓶。

是她们平平常常的归宿。

是时候了，我调动所有的阅历，辨认着门窗。

果然，那个篱笆很有才气地，编在那里。

我是要告诉你，一些心思。

要不然，我怎会摇着后园的竹叶，和你商量。

但你的窗口，灯总也没有亮起来。

无论如何，我要留一个形象给你。

于是我头戴各色野花，跑进你梦中。

我的踌躇，铺成你清晨起来，不曾留意的那条小道。

很自然地，你顺着它走下去，写些激动人心的故事。

——选自海子《小叙事》

但笔者最喜欢的，其实还是与诗集同名的一首叫作《小站》的小诗："我年纪很轻，不用向谁告别。有点感伤，我让自己静静地坐了一会。"每次读到诗的开头，就好像看得到那时的海子似的，他独自望着远方，向往着旷野与太阳，向往着高原与湖泊，那张稚嫩的娃娃脸上露出忧伤。

就在《小站》出版的一个月后，海子大学毕业了，被分配到中国政法大学校刊编辑室工作。

赤　子

海子对自己的新工作非常满意。早在海子报大学志愿时，他的第一志愿就是中文系。去北大读法律系固然是一件好事，但是在海子心中，每天跟文字打交道的工作才是他梦寐以求的。

在学校里，海子跟一个同事以及一批学生成立一个诗社，取名“星尘”。值得一提的是，这个小诗社并非昙花一现，在不断地发展过程中它培养了一批诗坛新人，在中国现代诗歌的发展史上也占有一席之地。

同样是在这里，海子还有幸接触到了顾城、北岛等知名诗人。中国安庆农村老家的父母得知海子留在了中国政法大学也异常激动，他们收到了海子寄回家的工资，六十块钱，整个家似乎都看到了未来的曙光。

海子还在不断地写着他的诗，并且坚持四处投稿。

好友骆一禾毕业后去了杂志《十月》做编辑，由于他的关系，海子的作品得以零星发表。每一次拿到稿费的时候海子都难抑内心的兴奋。创作总是艰难的，可海子不怕，为了自己的灵魂，为了写出更出色的作品。海子开始了大量的阅读与不断的尝试。

亚洲铜，亚洲铜。

祖父死在这里，父亲死在这里，我也会死在这里。

你是唯一的一块埋人的地方。

亚洲铜，亚洲铜。

爱怀疑和爱飞翔的是鸟，淹没一切的是海水。

你的主人却是青草，住在自己细小的腰上。

守住野花的手掌和秘密。

亚洲铜，亚洲铜。

看见了吗？那两只白鸽子，它是屈原遗落在沙滩上的白鞋子。

让我们——我们和河流一起，穿上它吧。

亚洲铜，亚洲铜。

击鼓之后，我们把在黑暗中跳舞的心脏叫做月亮。

这月亮主要由你构成。

——海子《亚洲铜》

1984年，经过两年的尝试，其年20岁的海子终于写出了这首《亚洲铜》，这首诗被看作是海子真正进入诗歌创作的肇始之作。

据说骆一禾非常喜欢这首诗，还曾经称它为“不朽之作”。也就是《亚洲铜》之后，海子这个笔名才被正式启用。北大教授谢冕曾这样盛赞过这首诗：“它意象明净而疏淡，展现着古老土地的忧郁以及对于悠远文化的思考。它无意于炫耀博学，也不堆砌史料，以歌谣的明亮写出了丰厚的意蕴。”

在朦胧诗潮风起云涌的时代，这首《亚洲铜》确是有一种灼人的力量。反复吟咏的“亚洲铜，亚洲铜”的确给人一种民间歌谣似的亲近与厚重感。据说这段时间海子在读弥尔顿的《失乐园》，通过这本书，海子开始对史诗着迷。

这首《亚洲铜》不能算是炉火纯青之作，它也常常被人以晦涩难懂，逻辑不通的理由而诟病。但是纵观海子整个后期的长诗创作，可以说就是沿袭了《亚洲铜》的路子。

《亚洲铜》虽然篇幅短小，但是它在诗歌架构上已经有了海子后期长诗的影子。诗歌分为四节，每一节都定了一个主题，分别是交代背景，展开思索，抒发理想，表达憧憬。

读完全诗，祖祖辈辈埋头耕作的土地蒸腾出的水汽，贫苦的中国大地苦痛的呻吟，河畔的白鞋，年青一代闪着希望的光的眸子，还有黑暗中某种正在进行的古老仪式所传来的击鼓声，所有的一切片段互相割裂又连在了一起。

很难想象，这么一首小诗能给人以如此的震撼。

很多人抱怨过《亚洲铜》的意象晦涩难懂。安庆盛产铜，假如知道了这个，“亚洲铜”的含义也就不难理解了。故乡，广袤的黄土地，北方，再延伸到整个中国。这时海子离开安庆已经五年，一直梦想着远方的海子，似乎对北京有些失望。

他心中无时无刻不在思念着故乡的一草一木，那是唯一的一块埋人的地方，那是他最后的归宿。海子死后，骆一禾将他称为“赤子”。西川曾这样描述被称为“赤子”的海子：“单纯、敏锐，富有创造性；同时急躁，易于受到伤害，迷恋于荒凉的泥土，他所关心和坚信的是那些正在消亡而又必将在永恒的高度放射金辉的事物。这种关心和坚信，促成了海子一生的事业，尽管这事业他未及最终完成。他选择我们去接替他。”

后来，在1989年初海子自杀前夕，他还曾回过家。这一次的回乡之旅摧毁了海子心中的最后一丝念想。如前所述，安庆盛产铜，随着采矿业的不断发展，现代化工业化的城镇一点点的蚕食着村庄。

海子日思夜想的家乡早已经不是他离开时的那个样子了。“有些你熟悉的东西再也找不到了，”海子这样跟西川等人抱怨说，“你在家乡完全变成了个陌生人！”像《亚洲铜》中描述的古老又淳朴的中国大地，早已经湮没在滚滚的浓烟与轰鸣的发动机声中了，这一切，也许只能留在我们每个人的内心深处了。

幸福一日

刚刚参加工作的这段日子，可以说是海子成年之后最明朗的一段时光了。海子并不是一个内向的人，他也跟同学同事一起去郊游、看电影，跟一禾、西川、老木这帮大学时的挚友一起讨论诗歌，大口喝酒，大碗吃肉。他们之中只有西川是滴酒不沾的，他负责“善后”，将一个个喝醉的小伙子们送回家。

海子还会发明一些稀奇古怪的口号，像“从好到好”。海子的脑子里总是充满了各种天马行空的想法，他会冷不丁地告诉你老子是个瞎子，还有雷锋是个大好人。

在校刊编辑室工作了一年之后，海子被调到了哲学系任教。顶着校园诗人的桂冠，跟学生年龄相仿的海子很受学生的欢迎，身边老是围着一群手拿着诗集的学生们。

娃娃脸，小个子，跟女生说话会脸红。那时的海子是那么青涩，谁也不知道这个年轻人的心中到底翻腾着怎样的热忱与痛苦。

西川在怀念海子的文章里这样写道："海子的美学课很受欢迎，在谈及想象这个问题时，他举例说明想象的随意性：'你们可以想象海鸥就是上帝的游泳裤！'"学生们知道他是一个诗人，要求他每次下课前用10分钟的时间朗诵自己的诗作。

海子对自己的外表并不是很自信，留长了头发，蓄起了胡须，戴一副眼镜，常笑，总是斯斯文文的样子。有时还很时髦，总之一点也看不出一个乡村青年的影子。

据说有一次，海子穿了一件红色的毛衣，在一堆灰色与黑色中甚是眨眼，还被领导隐晦地提出了批评，可是海子却不以为意。青春烂漫，艳阳高照，所有的一切都简单又美好。

我无限的热爱着新的一日。
今天的太阳，今天的马，今天的花楸树。
使我健康，富足，拥有一生。
从黎明到黄昏，阳光充足。
胜过一切过去的诗。
幸福找到我。
幸福说："瞧，这个诗人。
他比我本人还要幸福。"

在劈开了我的秋天，

在劈开了我的骨头的秋天。

我爱你，花楸树。

——海子《幸福一日——致秋天的花楸树》

这首诗应该是海子在心情愉悦的状态下写成的作品。幸福看海子，海子看花楸树，在这首诗中，这三者都幸福得不得了。

在好友西川的口中，海子“纯洁，简单，偏执，倔强，敏感，爱干净，喜欢嘉宝那样的女人，有时有点伤感，有时沉浸在痛苦之中不能自拔”。的确，海子从骨子里就是一个伤感的人，就如同墨水洇进了木头的缝隙中。“在劈开了我的秋天，在劈开了我的骨头的秋天。我爱你，花楸树。”就算是在最幸福不过的时刻，海子的笑仍是带着一丝苦意的。

除了伤感，海子的性格中还有一个关键词，那就是极端。据西川所说，平时的海子是个再温和不过的人。面对对他开玩笑的人，他总是一笑而过，甚至都要好友骆一禾替他出面来“生气”。可是真的当海子发起怒来，那又是十分可怕的一种情景了。海子曾经在小饭馆里跟人打过架，海子的眼镜片都被打碎了，脸上也被抓出了血痕。平日里看起来柔柔弱弱的海子打起架来却简直像是不要命了。就因为这样，那一次他一个人跟几个人打了个平手。

这些性格就如同定时炸弹般埋伏在海子人生的道路上。海子最终走向死亡的深渊，也跟他自己的性格脱不了干系。但是假如不是因为海子的单纯易感、极端热烈，他又怎么能创作出那一首首令人泪流满面的诗呢。

卷四

麦地与诗人

九个梦

不光写诗，在这段时间，海子还尝试写过九篇小说。分别叫作《初恋》《诞生》《龟王》《公鸡》《木船》《南方》《取火》《谷仓》《歌手》。在海子自杀之后，这几篇小说才开始引起了人们广泛的注意。

最开始西川将它们称为“神秘故事”，而后来的学者将海子的这九篇小说定名为“怪诞寓意小说”，最重要的原因恐怕就是海子这几篇小说的叙述方式蝉蜕于爱伦坡的《怪诞故事集》吧。

初读这九篇怪诞小说，笔者立刻就联想到了鲁迅的《故事新编》，不同的是，鲁迅先生的小说以历史人物入文，小说内核杂糅了传统道德观念与实用精神。而海子的这几篇小说，却更多带有西方“哥特小说”的玄幻意味，人物与情节都好似凭空而生。海市蜃楼般随风而来，随风而逝，实在令人琢磨不透。

初恋

从前，有一个人，带着一条蛇，坐在木箱上，在这条大河上漂流，去寻找杀死他父亲的仇人。

他在这条宽广的河流上漂泊着。他吃着带来的干粮或靠岸行乞。他还在木箱上培土栽了一棵玉米。一路上所有的渔夫都摘下帽子或挥手向他致意。他到过这条河流的许多支系，学到了许多种方言，懂得了爱情、庙宇、生活和遗忘，但一直没有找到杀死自己父亲的仇人。

这条蛇是父亲在世时救活过来的。父亲把它放养在庄园右边的那片竹林中。蛇越养越大。它日夜苦修，准备有一天报恩。父亲被害的那天，蛇第一次窜出竹林，吐着毒信子，在村外庙宇旁痛苦地扭动着身躯，并围着广场游了好几圈。当时大家只是觉得非常奇怪，觉得这事儿非同小可。后来噩耗就传来了。因此，他以为只有这条蛇还与死去的父亲保持着一线联系。于是他把它装在木箱中，外出寻找杀父的仇人。

在这位儿子不停地梦到父亲血肉模糊的颜面的时刻，那条蛇却在木箱的底部缩成一团，痛苦地抽搐着，因为它已秘密地爱上了千里之外的另一条蛇。不过那条蛇并不是真正的肉身的蛇，而只是一条竹子编成的蛇。这种秘密的爱，使它不断狂热地通过思念、渴望、梦境、痛苦和暗喜把生命一点一点灌注进那条没有生命的蛇的体内。每到晚上，明月高悬南方的时刻那条竹子编成的蛇就灵气萦绕，头顶上似乎有无数光环和火星飞舞。它的体格逐渐由肉与刺充实起来。它慢慢地成形了。

终于，在这一天早晨，竹编蛇从玩具房内游出，趁主人熟睡之际，口吐火花似的毒信，咬住了主人的腹部。不一会儿，剧毒发作，主人死去了。这主人就是那位儿子要找寻的杀父仇人。那条木箱内的蛇在把生命和爱注入竹编蛇的体内时，也给它注入了同样深厚的仇恨。

木箱内的蛇要不告而辞了。夜里它游出了木箱，要穿越无数洪水、沼泽、马群、花枝和失眠，去和那条竹编蛇相会。而它的主人仍继续坐在木箱子上，寻找他的杀父仇人。

两条相爱的蛇使他这一辈子注定要在河道上漂泊、寻找。一枝火焰在他心头燃烧着。

这篇《初恋》是海子九篇小说中的第一篇。有学者将它的主题定为“揶揄人类理性和赞美爱的原始欲望”。可是读完这篇小说，笔者并没有感受到其中“揶揄与赞美”。总觉得这篇小说甚至不带一点黑色幽默该有的嘲讽调子，它有的只是无边无际的悲伤，像故事中那条没有尽头的河道。

无法复仇的复仇者注定在河道上流浪一生。他本该有自己的生活，他本该安稳地生活在故乡。可他将他的一生都献祭给了无妄的仇恨。他是自愿的，可也不是。他从出生起就被要求这样做，这仇恨来源于父辈，因此它没有对错。他甚至没有选择感性或者理性的权利。他永远无法知道两条相爱的蛇竟替他完成了使命，他也永远无法知道他的漂泊与受难全都是无谓。

仔细想想，这篇故事的题目未免也有些古怪——《初恋》，蛇的初恋完成了儿子的复仇，爱恨交织，处处透着诡异。

木箱内的蛇在将他强烈的爱欲注入竹编蛇的体内时，也给它注入了同样强烈的仇恨，而赋予竹编蛇生命的到底是一种怎么样的感情，究竟是仇恨的力量更大一些，还是爱欲的力量更大一些。

仇人已死，竹编蛇体内强烈的仇恨是否就能够化解了呢。假如无法化解的话，这仇恨的火焰迟早会烧起来，毁灭它竹编的身体。可是假如失去了这强烈的执念，是否也意味着竹编蛇的生命到了该消逝的时候了呢。

太过深刻的爱情是能毁灭人的。笔者觉得，海子对强烈的爱情抱有的态度，或许不止是赞美那样简单。对爱的原始欲望与它所蕴含的巨大力量，恐怕海子是怀着敬畏与恐惧之心的。否则也不会刻意地选用两条蛇作为爱欲的载体。

或者故事会有更好的结局，那么在海子的心中，他为这两条相爱的蛇设定了怎样的命运，海子并没有写下去。关于复仇的故事讲完了，但是关于爱情的故事并没有讲完。

其实蛇这个意象，后来还在海子的诗中出现过很多次。在海子初恋失败后，他写过一首叫作《眺望北方》的小诗，海子的初恋女友是内蒙古人，这里的眺望北方，或许就是眺望北方的爱人。私以为这首诗中的句子很适合拿来做这篇小说的结尾，海子在诗中是这样写的：

我的七月萦绕着我，像那条爱我的孤单的蛇——她将在痛楚苦涩的海水里度过一生。

我的琴声呜咽泪水全无

海子一生喜爱凡·高。他把凡·高称作“瘦哥哥”。其实很多方面，海子都跟凡·高很像，凡·高传世的经典作品基本都是在他生命的最后五六年中完成的，将所有的才华付诸油彩与画板，燃烧殆尽的他选择自杀而死，壮烈地结束一切。

生前落寞，死后辉煌，简直跟海子的命运如出一辙。凡·高后期作品中大量的出现明黄色，向日葵，麦地，太阳，明丽鲜艳的画风很容易让人联想到海子的那句“面朝大海，春暖花开”。海子还曾经为他的“瘦哥哥”凡·高写过不少诗。

到南方去，到南方去。

你的血液里没有情人和春天，没有月亮。

面包甚至都不够，朋友更少。

只有一群苦痛的孩子，吞噬着一切。

瘦哥哥凡·高，凡·高啊。

从地下强劲喷出的，火山一样不计后果的。

是丝杉和麦田，还是你自己，喷出多余的活命的时间。

——选自海子《阿尔的太阳——给我的瘦哥哥》

阿尔是法国南部的一个小城，阿尔于凡·高颇有昌平于海子的意味。海子的诗里一再提到阿尔的麦田，那是凡·高眼中最纯粹美好的景色。海子与好友骆一禾同被称为“麦地之子”。那么在海子的世界里，麦田到底是一个怎样的意象呢？是一大片躁动不安的明黄，还是在太阳照射下蒸腾着水汽的碧绿呢？事实上，这两个画面还不足以让海子脑海中“麦田”的意象完满。

“黑暗不是从别处，是在傍晚从麦地里升起来的。”海子如是说，“你们城里人想到乡村的麦田，总以为生气勃勃，你要看夏末麦子收割后的田野，只剩下烧黑了的麦茬，那是‘荒凉’。”海子有一首写荒凉写到骨子的诗，诗名叫作《九月》：

目击众神死亡的草原上野花一片，

远在远方的风比远方更远。

我的琴声呜咽泪水全无，

我把这远方的远归还草原。

一个叫木头一个叫马尾。

我的琴声呜咽泪水全无。

远方只有在死亡中凝聚野花一片。

明月如镜高悬草原映照千年岁月。

我的琴声呜咽泪水全无。

只身打马过草原。

海子的这首《九月》，是“第一句就让人泪流满面”类型的诗。

众神死亡，野花一片，比远方更远的风。在最深的黑暗中透出一点光，却又那样不可企及。空间上的不可企及，时间上千年岁月，这首诗给人带来了巨大的荒凉感。

有一个叫周云蓬的盲人民谣歌手曾演唱过这首诗，中间加了一段悠远的独白：“亡我祁连山，使我牛羊不蕃息。失我胭脂山，令我妇女无颜色。”这是一段古老的匈奴民歌，海子在他的《怅望祁连之二》中引用过，加在这首歌的中间倒也相配。

“一个叫木头，一个叫马尾。”木头跟马尾，正好对应琴身与琴弦，他们悲伤到了深处，便是琴声呜咽，泪水全无。远方是那个永远无法到达的地方，眼下的这一地的落寞。年轻的诗人眼看这一切的了无生气，但这一切都无法让他止步。

他将这份辽远的悲伤归还给带给他这份悲伤的草原——这同样辽远的草原。然后他轻挥马鞭，一阵马蹄声中，他往更远的地方绝尘而去。有的人生来就是为了去远方流浪，海子无法回头，因为走过的路就如同逝去的时间，是无论如何也回不去的了。

云　朵

海子从来就不是一个适合在体制内生存的人。虽说在家人看来，海子有一个相当体面的工作。但是实际上，这样的生活于他而言反而是一种束缚。开始的时候，海子自己也没有意识到这一点，到后来他意识到的时候，却已经因为现实的因素而无法逃脱了。

在学校中，海子几乎不参加任何除了上课之外的活动，他把自己的业余时间全部用在了看书、创作跟修炼气功上。因此除了课时费外，海子也拿不到奖金之类的多余收入。加上海子也不懂人情世故，一个从农村走出来的孩子，一路顺风顺水，他觉得做好自己的本分便是了，根本不愿意费心去考虑旁的。

除此之外，海子把工资的大部分都寄回了家，他自己的生活则是再简单不过。其实聪明如海子，他又怎么会看不懂其中的关窍呢，可他志不在此：“我要做远方的忠诚的儿子，和物质的短暂情人。”海子的志，从来就只在远方。

说起来，没有哪一个诗人是不向往西藏的吧。八廓街上来往的骡马，红脸蛋的藏族姑娘，喇嘛手中转动的经轮，酥油茶浓郁的香气，高原上稀薄的空气，这里的时间似乎是停止的。

虔诚的朝圣者们衣衫褴褛，向着布达拉宫的方向一路跪拜。还有喜马拉雅山，据说那里是离神最近的地方。置身其中，你似乎能看得到你的前世。你是盘旋在山顶的鹰，或是高原上吃着草的牦牛。

来到西藏，你就会开始相信六道轮回，因果报应。阳光明亮得晃人，天蓝得不真实，望着远方，你的眼泪不由自主地就会掉下来。西藏，这也是海子能想到的最远的远方了。

1986 年暑假，海子从北京出发，途经四川，开始了他的第一次进藏之旅。海子在他的长诗《河流》原序中写道:“诗，说到底，就是寻找对实体的接触。”充盈在海子诗中的太阳、旷野、土地、河流，想要寻找接触这些原始又带有些神性的意象，去西藏是最合适不过的。

远方除了遥远一无所有。

遥远的青稞地，除了遥远，一无所有。

更远的地方，更加孤独。

远方啊，除了遥远，一无所有。

这时石头，飞到我身边。

石头，长出血。

石头，长出七姐妹。

那时我站在荒芜的草原上。

那时我在远方，那时我贫穷而自由。

这些不能触摸的，姐妹。

这些不能触摸的，血。

这些不能触摸的，远方的幸福。

远方的幸福，是多少痛苦。

——海子《远方》

在海子有关西藏的诗中，有一个非常常用跟重要的意象，那就是“石头”。跟“土地”这个宽泛的概念相比，来源于土地的“石头”，似乎显得更有实感，它是可以被诗人握在手中实实在在地去感受的意象。

当海子终于将石头握在手中的时候，他才切实地感受到了石头的冰冷。石头中生出血，又生出七姐妹。所谓的七姐妹，也许就是海子心中美好的物化吧。可这滚烫的血与美丽善良的七姐妹，却还是无法触碰的远方的幸福。

海子明明已经到了最远的远方了，可是这一切的一切却仍是无法触碰的。海子似乎也清醒过来了，他知道寻找远方的旅途终究不过是一场夸父与日逐走的悲剧。可海子仍然没有停下，他没有办法停下寻找的脚步，就算他知道他所寻找的其实是并不存在的虚无之物，他还是得走。

西藏村庄，神秘的村庄。

忧伤的村庄，你躺倒在路上。

你不姓李也不姓王，你嫁给的男人，脾气怎么样。

神秘的村庄，忧伤的村庄。

你生了几个儿子，有哪些闺女已嫁到远方。

神秘的村庄，忧伤的村庄。

当经幡吹响，你多像无人居住的村庄。

当经幡五颜六色如我受伤的头发迎风飘扬，你多像无人居住的村庄。

当藏族老乡亲在屋顶下酣睡，你多像无人居住的村庄。

像周围的土墙画满慈祥的佛像，你多像无人居住的村庄。

——海子《云朵》

这次西藏之行给海子带来了惊喜，他被神秘的藏传密宗气功所吸引，并开始专研其中的神变。气功并不是所有人都能够修炼的，据说要有慧根有灵气的人才能有所成。相传，修炼藏密气功的几个月内，便可以见生死六幻象。海子后来一直为幻觉所苦，据说也是练气功“走火入魔”而致。

据海子的大弟弟查曙明回忆，1986 年春节，海子回家过年时，就曾经兴冲冲地向弟弟展示他修炼气功的成果，海子盘腿坐在床上，双手相隔五六十公分，让弟弟将手放在中间去感受。

很多年后，查曙明仍清楚地记得，当时他的确感受到了一股灼热感。这一年的春节，除了气功，海子还跟弟弟查曙明展示了一样东西，那就是他写给初恋女友的情书。当年那个青涩的少年已然长成，开始品尝到爱情的甜蜜了。

卷五

四姐妹

给 B 的生日

荒凉的山冈上站着四姐妹。

所有的风只向她们吹，所有的日子都为她们破碎。

空气中的一棵麦子，高举到我的头顶。

我身在这荒芜的山冈，怀念我空空的房间，落满灰尘。

我爱过的这糊涂的四姐妹啊，光芒四射的四姐妹。

夜里我头枕卷册和神州，想起蓝色远方的四姐妹。

我爱过的这糊涂的四姐妹啊，像爱着我亲手写下的四首诗。

我的美丽的结伴而行的四姐妹，比命运女神还要多出一个。

赶着美丽苍白的奶牛，走向月亮形的山峰。

——选自海子《四姐妹》

这首诗写于1989年2月，这时海子正处在他自杀之前最后的创作爆发阶段，就如同一颗星辰陨灭前最后的燃烧。

海子短暂的一生中经历过四段感情，一般认为，所谓的四姐妹就是指他爱过的四个女人。但是这四个女人最终都没有跟他在一起。或许也就是因为这样，海子在这首诗中称自己是“绝望的麦子”。

在海子所有爱过的女人中，最爱的就是他的初恋女友，甚至可以说一直到海子生命的最后一刻，他心里的人仍旧是她。

海子在自己的诗中称她为B。两人的恋爱大概是从1985年开始的，这段感情持续了近两年。1986年春节，当海子向弟弟查曙明展示他写给B的情书时，两个人大概正处在热恋中。据弟弟说，当时的海子像所有陷入初恋的年轻人一样，跟B约好时间，一起为两个人的爱情祈祷。

我爱你，跑了很远的路。

马睡在草上，月亮照着它的鼻子。

——选自海子《陪你》

初恋所带来的悸动是后来人再也无法给予的。跑了很远的路，终于找到了那个人，你以为就是她了，从来没有想过她会令你失望。这时的你惊喜地发现，原来这个世界上真的是有爱情这种东西存在的，这个时候的你相信，一个人这一辈子是只会爱一个人的。你的世界亮起来了，前所未有。

B是中国政法大学的学生，一个开朗的内蒙古姑娘。据说她跟海子两个人故事的开始也很有戏剧性。海子上课的时候问学生喜欢哪些诗人，B站起来说“海子”，这在课堂上引起了一阵哄笑，两个人的关系也由此拉近，后来慢慢走到了一起。

这场恋爱刚刚开始的时候，海子无疑是很幸福的，甚至连他的诗都变得明朗起来。因为B的帮忙，海子的许多诗歌得以发表在内蒙古的《草原》《诗选刊》等杂志上。海子为B写了很多的情书与诗。从这些诗句里，我们也能读得出海子对待这段感情的纯粹与真挚。所有写给B的诗中，笔者最喜欢的是《给B的生日》。

天亮我梦见你的生日。

好像羊羔滚向东方——那太阳升起的地方。

黄昏我梦见我的死亡。

好像羊羔滚向西方——那太阳落下的地方。

秋天来到，一切难忘。

好像两只羊羔在途中相遇，在运送太阳的途中相遇。

碰碰鼻子和嘴唇——那友爱的地方。

那秋风吹凉的地方，那片我曾经吻过的地方。

——海子《给B的生日》

滚向东方又滚向西方的羊羔，这个比喻让人联想起《圣经》中“迷途的羔羊”的典故。这首情诗并不算甜，它没有山盟海誓，你侬我侬的味道。反而出现了死亡、秋风这些不和谐的音调。

诗人与恋人仅仅是在途中相遇的两只微不足道的羊羔，他们的身上都背负着运送太阳的担子，他们不知道自己的方向，也不知道自己正走向哪里。海子的诗中常常出现这种清醒而理性的绝望。但是这首诗中，这份绝望之上又加上了一抹暖色。这两只小羊羔可以在途中短暂的相遇，在漫长的冬夜里相互依偎取暖。就算他们明白地知道这个世界的真相，但是他们还是选择相爱了。

孤独贯穿了海子整个人生，就算与最爱的人，他们也只是友爱地碰了碰鼻子和嘴唇。B真正进入到海子的灵魂中了吗，或许有某一个时刻是这样吧。可即便如此，B怕是也没有真正爱上那个在黑暗中忍受着孤独与苦痛的灵魂。

因为家人的干涉与现实的原因，B跟海子渐渐地疏远开了。

在 B 毕业之后，她就去了南方，决绝地离开了这个曾经的爱人。跟 B 的分手一度让海子陷入低谷之中：“我感到魅惑，小人儿。既然我们相爱，我们为什么还在河畔拔柳哭泣。”

不得不说，几年后的再次相遇，B 的决绝的确伤了海子的心。加上海子对自己醉后失言偏执的自责，这一切似乎也催使了他最终做出自杀的决定。但是假如将海子的自杀归咎给 B，这未免也不公平。

美丽的白杨树

1988 年，海子第二次进藏，当火车经过青海德令哈时，海子写下了一首名叫《日记》的诗。

姐姐，今夜我在德令哈，夜色笼罩。
姐姐，今夜我只有戈壁。
草原尽头我两手空空，
悲痛时握不住一颗泪滴。
姐姐，今夜我在德令哈。
这是雨水中一座荒凉的城。
除了那些路过的和居住的，
德令哈……今夜。
这是唯一的，最后的，抒情。
这是唯一的，最后的，草原。

我把石头还给石头，让胜利的胜利。

今夜青稞只属于她自己，一切都在生长。

今夜我只有美丽的戈壁空空。

姐姐，今夜我不关心人类，我只想你。

——海子《日记》

很多人也因为这句诗记住了德令哈这个城市的名字。诗中的“姐姐”是海子生命中另一个重要的女人。德令哈，这座雨水中荒凉的城，便是她的家乡。她与海子是同在昌平校区的同事，当时的她已有丈夫和儿女，是一个三十多岁的成熟女人。这里我们姑且称她为 P。

P 也许算是走进海子灵魂最深处的那个人了，她是海子长久以来的依靠，每当海子遇到了伤心事，都会跑到 P 那里去倾诉。他们经常讨论诗歌，P 很欣赏海子的诗，她也很明白这个年轻诗人的悲伤与脆弱。海子也非常信任 P。

在 B 离开后，P 一度是海子精神上的寄托，海子依赖她。他就像一只受了伤的小鹿，而 P 总会用她成熟女人的温柔为海子清洗伤口缠上绷带，她保护着他。一直流浪着的海子终于有一个可以暂时歇脚的树荫。海子喜欢称她为姐姐，而她则总是称海子为傻弟弟。

在姐姐面前，海子可以将他受伤的灵魂完全袒露出来，他可以伏在姐姐的膝头大声地哭泣，他可以跟姐姐讲他跟 B 的第一次约会与最后一次告别，他可以跟姐姐讲他第一次坐上火车来北京时心中的兴奋与不安，还可以跟姐姐讲年少的他是如何钻进池塘里挖莲藕吃的。

讲着讲着，悲伤的眼泪就流干了，沉沉地睡去，只留下淡淡的微笑与甜甜的梦。海子也为这个美丽的姐姐写过许多诗。

灵魂像山腰或山顶四只恼人的蹄子。

移动步履，幻变无常的人类。

可还记得白色的杨树平静而美丽。

可还记得一阵雷声自远方滚来，高高的天空回荡天堂的声响。

幻变无常的人类可还记得，闪电和雨水中的白色杨树。

在你的河岸上女人月亮马匆匆而去，四只蹄子在你的河岸上。

拥有一间雪中的屋子婚姻或一面镜子，这就是大地上你全部的居所。

难忘有一日歇脚白杨树下，白色美丽的树！

在黄金和允诺的地上，陪伴花朵和诗歌静静地开放安详地死亡。

美丽的白杨树这是一位无名的诗人，使女儿惊讶而后长成幸福的主妇不免终老于斯。

这是一位无名的诗人使女儿惊讶，美丽的白杨树这多像弟弟和父亲对她们的忠实。

——海子《美丽的白杨树》

在海子心中，他的姐姐就如同一棵白杨树般平静而美丽。据说海子曾多次拥抱着他的姐姐，P 也为了海子与家人闹过不少矛盾，甚至遭到过丈夫的毒打。

或许他们的感情真的很简单。在姐姐的怀中，海子真的能够感受到少有的温情与安稳。但在旁人看来，他们的感情只会被描画得不堪入目。

P 知道海子需要她，可 P 也知道她不能永远地属于海子。她不仅是海子的姐姐，她更是一个妻子与母亲。最终，在幻变无常的现实面前，她只有逼她的傻弟弟放开双手。无奈的海子只是默默地想念着他的姐姐，他的灵魂又陷入无边无际的孤独之中，“悲伤时握不住一颗泪滴”。

这时海子的生命中出现了另一个女人。海子在诗中将她称为S。S在昌平文化馆工作，其时海子受聘于文化馆做辅导老师，因此两人自然而然地相识了。S很快就被这个忧伤的诗人身上独特的气质所深深吸引，由敬佩崇拜转生出爱意。

S是个简单贤惠的传统女人，她表达感情的方式就是死命地对海子好。这时的海子正处于失恋的低谷中，S无微不至的照顾令海子既感动又为难。再加上姐姐P的努力撮合，海子决定走出阴影，大胆地接受S的爱，并尽自己最大的努力拿爱去回应她。

谁在美丽的早晨，谁在这一首诗中。

谁在美丽的火中，飞行，并对我有无限的赠予。

谁在炊烟散尽的村庄，谁在晴朗的高空。

天上的白云，是谁的伴侣。

谁身体黑如夜晚，两翼雪白。

在思念，在鸣叫。

谁在美丽的早晨，谁在这一首诗中。

——海子《献诗，给S》

可惜，想放开一个不爱自己的人不容易，想要爱上一个爱自己的人也并非易事。S 仅仅能在生活上给海子无微不至的照顾，对海子的诗歌她并不理解，海子需要的不仅仅是生活的伴侣，更是能够分享他孤独的知心人。

她做不了海子文学上的知音，但是她对海子的爱却是真挚的，这让海子陷入了两难的境地，他清楚地意识到自己无法爱上 S，又自责于辜负了这样一个好女人。

正在海子摇摆不定的时候，骆一禾又向海子提到大学时期曾跟他们一起探讨诗歌的一个女生 A。当时，A 就读于北京的另一所医科大学，海子曾经教过她写诗，而她则一直在默默地崇拜与爱恋着海子。也许是因为少女的羞怯吧，她一直将这份感情藏在心底，毕业后，黯然回到了四川成都工作。而海子竟也愚钝到没有发觉。

经过好友的一番提醒，海子很快开始了与 A 的通信，旧时隐秘的火星很快被一封封信件引燃出炽烈的爱火。当然，这一切也瞒不过 S 的眼睛。这个简单又善良的女人向海子提出了结婚的要求，她把婚姻当作最后的一个砝码，以为也许这样就能拴住海子的心。

可犹豫不决的海子始终没有答应下来，万念俱灰的 S 终于也决定放弃这段感情。临走前，她将所有海子写给她的书信，也连同那首《献诗，给 S》都丢进了火堆之中，连同对海子的爱一起烧成了灰烬。

长发飞舞的姑娘

S的离开并没有让海子过于难过，甚至在海子心中某个隐秘的地方，他还暗暗地松了一口气。

这时的海子正一门心思地进行他的长诗创作。还有另一个更加重要的原因，那便是A。这时在成都工作的A已嫁为人妇，还生下了一个女儿。可是海子并没有打算就此放手。他已经失去了太多，他不愿意再放弃了。因为他知道，跟S不同，A是懂他的诗的。

据说A是一个多愁善感的姑娘，她长发飘飘，一双黑色的眸子带着蓦然的忧伤。关于她与海子的故事有许多种说法。其中一种说法是，海子曾经多次南下四川寻找A，他们两情相悦，一起写诗，一起四处游玩，还发生了肉体关系，俨然就是一对恋人。直到后来，他们的关系被A的家人发现，两人不得不分开。

另一种说法是，在与海子的这段关系中，A 一直处于幸福与痛苦相互纠缠的状态中，她无法克制对海子的感情，他们在一起的日子给 A 带来了无限的欢愉，但她却又不得不生活在深深地自责中。有一次与海子出去游玩时，A 险些丢掉了女儿的性命。这件事让 A 彻底下定决心离开海子。

最后一种说法，由于各种现实的原因，海子与 A 其实只见过短短的一面。在 1987 年，海子从北京到成都，九寨沟，达县，万县，然后乘船下三峡，绕了整整一个大圈回安庆老家。海子与 A 的唯一一次会面也就在这期间。

事实的真相到底如何，今天我们已经无法细究。在海子的诗中，我们能读到他对 A 真挚的思念与爱恋，也能读到失去 A 后海子的那颗受伤的心又一次的震颤。

起风的黄昏好像去年秋天。

树木损伤的香味弥漫四周。

想她头发飘飘，面颊微微发凉。

守着她的母亲，抱着她的女儿。

坐在盆地中央，坐在她的家中。

黄昏幽暗降临，大风刮过天空。

万风之王起舞，化为树木受伤。

——海子《大风》

不管怎么说，A给了海子一段甜美的回忆。这是自B离开后，海子最快乐的一段时光。这段时间，海子曾在达县的《巴山文艺》上发表过两次诗歌，其中应该也是A在帮衬。海子一直对A说，你本该是我的妻子。

可最后她还是离开了。汽笛声响，火车驶离站台。大雨倾盆而下。“我把撕碎的诗稿和书信，卷起来。这些灰色的信，我没有再读一遍。”只剩海子喃喃地念着他感伤的诗句。

姑娘们翩然而至，毫无预警地闯进海子的生活。在这个年轻诗人的心湖中激起波澜。但随即，这涟漪又消失在平静的湖面上。一切似乎都没有发生过。她们离开了。黯然熄灭，永久沉默。只留下了黑暗中悲伤泛滥的海子。

我轻轻地走过去关上窗户。

我扶着自己，像清风扶着空空的杯子。

我摸黑坐下，询问自己。

那杯子幸福的阳光如今何在。

我脱下破旧的袜子，想一想明天的天气。

我的名字躺在我身边，像我重逢的朋友。

我从没有像今夜这样珍惜自己。

——海子《失恋之夜》

一次又一次，每一次失恋的打击都将海子推向更深刻的孤独与绝望中。

海子开始一根又一根地抽烟、酗酒、四处流浪，此时的海子只有把所有的苦楚都注入他的笔尖。这短暂的一生里，他所追求的一切都注定只是虚无。海子唯一能够拥有的只是自己，不，就连自己这副躯壳也会随着时间老去，最终消失于尘土。

但这世界还是存在着永恒。“我的名字躺在我的身边，像我重逢的朋友。”创作的热情又一次复苏，海子将手中那只旧铅笔握得更紧了，唯一能够永恒的只有诗，而自己附在诗上的名字也将随之不朽。

夜　色

孑然一身的海子开始专心投入了他的长诗创作。他想写出和《伊利亚特》《奥德赛》一样的作品。可是要想写这样的作品，必不可少的就是灵感。灵感是最虚无缥缈的东西，海子能感觉到自己的体内是存在那么一股力量的，他所要做的就是将这股力量激发出来。

白天静不下心来，于是海子开始喝浓咖啡，彻夜不眠，在安静的夜晚中潜心创作。他在冬天将自己的双脚泡在冷水里以刺激自己的神经。他在房间里点上熏香，放上佛像。在墙上挂上象征着西藏文化的布，除了营造氛围，海子还在不断地修炼气功，海子相信这些都对他激发灵感有所帮助。可是这些还是不够，似乎还是少了一些什么。海子知道自己必须要再去一次西藏了。

我有三次受难：流浪、爱情、生存。

我有三种幸福：诗歌、王位、太阳。

——海子《夜色》

1988 年暑假，海子同诗人一平踏上了他的第二次西藏之旅。这一次去西藏，海子在西藏的山上闭关修炼了密宗静坐。据海子自己描述，这时他修炼气功取得了很大的进展，他已经练通了小周天，所谓小周天就是指脑顶到尾骨，再从尾骨到后脑的一个逆时针的管道，据海子说，当时的他已经可以在体内的这个管道中运气了。

云游的海子还遇见了一个心仪的女作家，海子在诗中将她称作 H。据说这时这位女诗人三十五岁，刚刚离异不久。之前由于同在骆一禾做编辑的《十月》上发表过诗歌，海子与 H 有过几封信件的交流。

当时她在拉萨组织诗歌会的事宜，当海子第一次见到 H 时就向她表白了，H 拒绝了海子，她只当是笑话，对身旁的朋友抱怨了几句。本来事情就这样过去了，可几天后，海子到 H 家喝酒谈诗，结果夜深了仍赖着不走，竟然还向她提出了留宿。

H 当然不是那种轻浮的女人，她有些生气地赶走了海子。这之后，两人就再没有什么交集了，海子的心里很失落，H 在他心中是女神一般的存在，这其中很大的一部分原因是 H 本来就生活在西藏，她的作品中也有很多关于西藏的内容，恐怕就是这一点吸引了海子。

这段爱情还没有开始便终结了。最后一根火柴嘶拉一声擦亮随即又烧尽，复又是无边无际的黑暗。

至此，在海子短暂的一生中，所有的情事都画上了句号。海子曾爱过人，也被人真挚地爱过，可是他们终究还是错过了，海子最终拥有的还是只有他自己。

“雨是一生过错，雨是悲欢离合。”西藏的天空下起了小雨，淅淅沥沥下了半夜。雨停的时候夜已经很深了，天空被洗得更深邃了，星辰在黑夜里眨着眼睛，撒落得漫天遍野。

今夜在日喀则，上半夜下起了小雨。
只有一串北方的星，七位姐妹。
紧咬雪白的牙齿，看见了我这一对黑翅膀。
北方的七星，照不亮世界。
牧女头枕青稞独眠一天的地方今夜满是泥泞。
今夜在日喀则，下半夜天空满是星辰。
但夜更深就更黑，但毕竟黑不过我的翅膀。

今夜在日喀则，借床休息，听见婴儿的哭声。

为了什么这个小人儿感到委屈？是不是因为她感到了黑夜中的幸福。

愿你低声啜泣，但不要彻夜不眠。

我今夜难以入睡是因为我这双黑过黑夜的翅膀。

我不哭泣，也不歌唱。我要用我的翅膀飞回北方。

飞回北方，北方的七星还在北方。

只不过在路途上指示了方向，就像一种思念。

她长满了我的全身在烛光下酷似黑色的翅膀

——海子《黑翅膀》

据说这首《黑翅膀》就是海子写给女神 H 的诗。在海子心中，H 确是像星辰一样的存在。北斗七星像是七位姐妹，最美好不过。

她静静地缀在夜空，为黑暗中的人们指明方向。海子觉得 H 是能走进他的，可是无奈 H 能走进却不愿意走进。没有谁能将天上的星星摘到手。恐怕海子自己也是深知这一点的。他没有哭泣，也没有歌唱，只是带着他那双比黑夜还要黑的翅膀飞回了北方。

当时海子的朋友唐晓渡也在西藏，他推测说，海子之所以会迷恋 H，“也许是带了一点西藏既可接近又不能参透的心情”。

这次的西藏之行，海子还背了很多所谓的“好东西”回来，这些东西有的是从路边捡的，也有海子买的，甚至有一尊本尊佛像是海子偷回来的。这其中有两块重达20公斤的藏传佛教石头浮雕。海子觉得这两块对路边捡来的石头对他有特殊的意义，它们有助于他练功与创作。

在他自杀之后，两块石头被运回了安庆家乡，镶嵌在了他的墓碑上。海子手头拮据，去西藏带的钱并不多，只有靠一路蹭火车来回，据说有一次海子半夜在旅店里抽烟，不小心点燃了被子，差一点就被人赶到大街上去。

这次的朝圣之旅过后，海子似乎对藏密气功更加着迷了。他的精神方面似乎也陷入越来越癫狂的偏执中，回到昌平之后，海子开始封闭自己，专心致志地进行他的长诗创作。

卷六

王冠

但是水，水

海子从 1983 年开始写诗，到了 1984 年，就开始尝试创作长诗了。他说写长诗是迫不得已，是“出于某种巨大的元素”对他的召唤。这巨大的元素与同样巨大的材料“胀破”了海子诗歌的外壳。

对海子来说，像歌德《浮士德》那样的长诗才算是真正的艺术。而短诗更多的是为了抒发与记录情感。海子最初的两部长诗作品《河流》与《传说》都算不得多么优秀，长诗的创作并不容易，它需要精巧严整的架构跟源源不断的灵感。这两部诗毕竟只是海子刚刚开始的尝试，也带了非常重的模仿痕迹。

海子所模仿的就是当时北京的著名诗人杨炼，他创作的《礼魂》一经问世就引起了巨大的反响。其后许多四川诗人都开始跟随杨炼的脚步进入长诗写作的尝试，海子也主动去拜访过如钟鸣、欧阳江河、石光华等四川诗人，这对不善交际的海子来说并不常见。

海子学习的方式就是不断地读书与创作。虽然清贫，但是在买书这一项上海子从不吝啬。海子小小的房间里堆满了书。就在海子不断地尝试中，他写出了第三部作品《但是水，水》，这可以说是海子第一部完整意义上的大诗作品。

第一篇《遗址（三幕诗剧）》、第二篇《鱼生人》、第三篇《旧河道》、第四篇《三生万物》，每一篇诗歌都被海子用来做了不同的尝试。第一篇是诗剧，第二篇的形式则更加奇特，每页排版时特意排成两栏，左右相互对照，但是有时左右的诗句并不对称。第三章为独白式的长诗。第四章分为三个部分，第一部分加入一段民歌，第二部分为对话形式，第三部分则加入了李贺的《金铜仙人辞汉歌》。

原谅笔者的言辞匮乏，没有办法准确地描述海子所采用的奇特文体。简单来说，这首长诗的四个部分就如同一朵花的四片花瓣向着东南西北四个完全不同的方向延伸而去。

《但是水，水》是一部实验性很强的诗，我们能感觉到海子在形式上的用力，可以说这首诗通篇都给人以新鲜奇特的感觉。后来，燎原曾这样评价它："《但是水，水》是一篇结构性的'大诗'，虽然这个'大诗'并不能说明它在'大诗'意义上最后完成的效果，但它在结构意义上的'大诗'属性在中国新诗史上却陆洲分水，一峰独出。在他之前的中国新诗史上，没人想到要把诗写成这么一个样子，在他之后到目前为止，仍然没有——或者因诗歌观念理解上的巨大差异而不屑为之，或者因文化准备和气质上的巨大差距而无法为之——仍然没有人这样去写。”

在充满先锋性的形式之下，《但是水，水》是属于古老的乡土中国的。诗中反复出现了土葬与水葬的场景。

也许你是对的。

但是骨头，白色的花。纤弱的花。

花儿苍白而安详。

多么使人安心的埋葬呀！

一种白色的动物沉睡在土层中，或许那是，亘古不变。

惨白，那是因为我们生活过。

而且相爱，写过歌颂平原的诗篇又倒在平原上。

情人般缄默。

那是因为它就叫骨头，不分昼夜。

听见死去的河流如鸟飞离，头顶。

母羊，再也不会来了。

——选自海子《但是水，水〈遗址〉》

这是木头，母亲为它，葬送了儿子。

父亲葬送了自己，眼泪浅浅。

这是乳房。这是月亮。

携野兽逃出洪水，逃不出歌曲。

这是祖先安排的洞窟。

——选自海子《但是水，水〈鱼生人〉》

生命与死亡，土地与河流。这两对对立的意象可以说贯穿了整部诗。燎原这样解释："从意象的象征意义上来分，我已在前边说过，水代表着作为海子生命背景的南方、故乡，代表着母亲、女性、爱、柔情，代表着海子生命与精神的彼在，也代表着以庄子、屈原为标志的水文化；而土地代表着海子现实的置身场景北方，代表着民间老人、男性、苦涩、严峻，代表着此在，也代表着以秦腔为标志的黄土文化。"

可以说这部《但是水，水》在某种程度上是短诗《亚洲铜》的发展之作。《但是水，水》整体的基调更深沉，它更像是一部温情脉脉的哀歌。海子的前期创作似乎都浸透在一种深刻的悲哀之中。

海子半生漂泊，一个农民的儿子离开了土地，大概总会感觉到无所依靠的飘零之感。海子总是试图挖掘人性深处某些原始而纯粹的东西，因此才会如此偏好麦田、土地、河流、高原这些本源意象。

可这些东西在商品社会的飞速发展中被迅速地消磨掉了。如同不断建起的高楼大厦迅速逼近，蚕食掉一块又一块的麦田一样。人类心中未被开垦的土地也同样被越围越小。这令海子感到悲伤，也令他感到恐惧，他只有将这一切诉诸笔尖。

于是，所有的情绪从海子内心的这股悲伤中自然而然地流出，成了一股涓涓的流水，顺着这河流溯源，那尽头就是海子心中纯美又古朴的精神家园。

据说，海子曾经给弟弟查曙明看过这部《但是水，水》的底稿，弟弟说看不大懂。还劝海子不要写诗了，写一些武侠小说，那样更好出书。

海子笑一笑，说：“武侠小说很简单，任何人都能写。”

太　阳

1984 年中国诗坛上唱主角的是第三代先锋诗人。

海子以为这也许是一个机会，每天往昌平校区的打印店里跑，打印了许多自己的诗四处分发，但除了骆一禾、西川几个少数的朋友，根本就没有人关注他的诗。某位颇为著名诗人 L 甚至将海子寄给他的诗改换成自己的名字，整页整页地发表在杂志上。

郁郁不得志的海子开始萌生写“太阳·七部书”的庞大计划。所谓的“太阳·七部书”，是海子七部长诗的合集，分别为《太阳·断头篇》、《太阳·土地篇》、《太阳·大札撒》（残稿）、《太阳·你是父亲的好女儿》、《太阳·诗剧》、《太阳·弥赛亚》、《太阳·弑》。全书并没有写完，但作品之间有主干性，大部分以诗剧的形式写成。

在海子的脑海中，中国也应该拥有像《神曲》《浮士德》似的长篇巨制，海子是个很有野心的人，他甚至想创作一种新的诗体。他曾这样说："我的诗歌理想是在中国成就一种伟大的集体的诗。我不想成为一个抒情诗人，或一位戏剧诗人，甚至不想成为一名史诗诗人，我只想融合中国的行动成就一种民族和人类的结合，诗和真理合一的大诗。"

好友骆一禾说，《太阳》是跟海子的生与死紧紧相关着的，他将海子的生涯比作《亚瑟王传奇》中最辉煌的获取圣杯的年轻骑士。"这个年轻人专为获取圣杯而骤现，唯他青春的手可拿下圣杯，圣杯在手便骤然死去，一生便告完结。"海子将他全部的能量都聚集在了这七部书中。西川则说海子作《太阳》是在"冲击极限"。

海子自诩为太阳神之子，他说比起真正的王来，他更珍惜的是那些头戴王冠却没有成为王的王子，雪莱、叶赛宁都在此列。"正如在悲剧中，最优秀最高贵最有才华的王子往往最先身亡。"

对海子来说，所谓的"王冠"，并非是权力的象征，这王冠的背后是深刻的孤独。

一部《浮士德》用尽了歌德的六十年，为王者注定是孤独的。"王者说：一万年太久。是这样黑暗而空虚的一万年。天堂的寒流滚滚而来。"

从开始的《但是水，水》到后来的《太阳》，海子诗中的意象也经历了从水到太阳、从东方向西方的转变。他抛弃了陶渊明式的中国文人趣味，向着真正的生命存在本身迸发了。旧的海子吟唱着古老的挽歌向河流中心走去，他的躯体在悲伤中渐渐萎缩消失，而新的海子如凤凰涅槃般又在火焰中重生了。

这一个新的海子的重生是以无数诗人的死亡为代价的，他头戴王冠，手拿沾满鲜血的宝剑。用尽全力劈开这无边无际的黑暗，在触摸到炽烈的太阳的前一秒钟迎来自我的毁灭。

《太阳》的伟大之处也正是在于他这种“在本原性的黑暗中揭发那黑暗”，又在光明到来的前一刻完成自我毁灭的壮丽。

海子“太阳·七部书”的最后一部应该是写于 1988 年 7 月到 11 月的《弑》。这是一部充满了仪式感的诗剧，也是一部充满了暴虐与杀戮的悲剧。

故事的背景是巴比伦王国，在起义中胜利而登上王座的国王，却变本加厉地专横暴戾起来。他耗费了半数巴比伦人的生命修筑太阳神庙，血腥镇压起义。

这时从沙漠中来了三个青年。两个兄弟青草与吉普赛是密谋刺杀国王的，另一个青年宝剑则是回故乡寻找妻子红的。国王用诡计害死了两兄弟与他的亲女儿红。幸存的宝剑闯入王宫，却被国王告知了残忍的真相。

原来这一切都是国王的设计，宝剑本是巴比伦的王子，而他苦苦寻找的妻子红就是他的亲妹妹。国王已经服毒，想把王位传给宝剑。但宝剑选择了刺瞎双眼并永远地离开。

尾声中农民们上场，他们问宝剑是为何而牺牲的，一个农民回答说，宝剑是为了我们牺牲的，他又接着说，可是我们需要的不是杀戮与鲜血，我们要的是粮食和生活。

至此全剧结束。如同被压紧了的弹簧般，全剧充满了被压抑着的力量，可以说所有一切故事情节与铺垫都是为了最后时刻的爆发，这爆发就是一场彻底的毁灭。在《弑》的结尾，剑这样对国王说道："今夜是你我的日子。今夜是黑暗之夜，空虚之夜。今夜只适合死亡不适合出生。我们已没有明天。明天是别人的日子。巴比伦河上又涌起无边的朝霞的大浪。我的兄弟和爱人又会复苏在他们之间，在曙光中间。只有你我不会复活。"

在海子的设定中，舞台的背景全部是血红色，偶尔出现黑洞般漆黑的黑色空间。骆一禾这样评价海子所设的血色布景："在这个空间里活动的人物恍如幻象置身于血海内部，对话中不时响起鼓、钹、法号和震荡器的雷鸣。这个空间的精神压力具有恐怖效果，21 世纪另一个极端例子是阿尔贝·加缪，使用过全黑色剧场设计，从色调上说，血红比黑更黑暗，因为它处于压力和爆炸力的临界点上。”

《太阳》的意义在海子死后才慢慢被人们所注意到。有人说，海子的自杀是出于江郎才尽。仔细想想或许这也有它的道理，海子用短暂的几年时间创造出了常人要用上数十年才能够创作出来的作品，这其中的艰辛与孤独我们无法想象。

为了完成《太阳》，海子的确把自己逼到了走火入魔的程度，如同一颗剧烈燃烧过的流星，在《弑》完成后，不论是在灵感还是在情绪上，海子一定也处于一种灰烬般的状态。

但这种状态也许只是暂时的，假如海子能够就此修养一段时间，他一定能够创作出更加优秀的作品的。

可惜海子实在是太累了，他选择了一个悠长至永久的假期。

卷七

愿你在尘世里得到幸福

在昌平的孤独

海子生命中的最后几年都生活在北京与小城昌平之间。他的好友骆一禾与西川等人都在北京，他则孤身一人在自己的小屋中静静地写诗。

“静静地”，这个词用来形容这时的海子或许有诸多不适，他内心一切风起云涌、不安焦躁的确都被压抑得好好的，偶尔溢出外壳的那一些，也立刻打扫干净。外表上看，台灯下这个奋笔疾书、眉头紧皱的年轻诗人的确是安静的，如同一泓泉水，一只鱼筐，一口深井。

孤独是一只鱼筐。

是鱼筐中的泉水，放在泉水中。

孤独是泉水中睡着的鹿王。

梦见的猎鹿人，就是那用鱼筐提水的人。

以及其他的孤独。

柏木之舟中的两个儿子，和所有女儿。

围着诗经桑麻元湘木叶在爱情中失败。

他们是鱼筐中的火苗，沉到水底，拉到岸上还是一只鱼筐。

——海子《在昌平的孤独》

孤独不可言语。王冠的背后是不可言语的孤独。

海子并不是从没有得到认同。1988 年，海子的诗被收入《中国现代主义诗群大观》《中国当代实验诗选》，还获得了《十月》荣誉文学奖。但这都仅仅限于海子的短诗。海子的长诗从诞生开始就一直处于被批评的状态。

对海子来说，不被理解是常有的事。他自己也明白这个道理，可是他还是会深受打击。有一次，在昌平的一个小饭馆，海子对老板说，我在你这里朗诵诗，你可不可以给我酒喝。老板回答他，我可以给你酒喝，但你别在这朗诵。

商业与物质常常会将艺术碰得粉碎，诗人被当作乞丐般嘲弄，这其中的辛酸与无奈也许只有当事人才能明白吧。

仅仅是世俗的不理解也就罢了。可是就连诗歌界也不理解海子。在很多诗歌聚会上，除了骆一禾，没有一个人愿意搭理海子。分发出去的诗稿大部分都是石沉大海，没有人愿意读海子的诗。

就算诗人们偶尔谈起海子，也只有不认同与批判的声音。这时的海子在北京诗坛就处在这么一种边缘化的地位上。这样的对待于海子的作品来说实在是不公平的，可是海子又能怎么办呢?

他一天天被磨砺着，可不同于小时候物质上的匮乏，精神上的磨难令海子日渐消沉下去。受到屈辱的海子只有借酒消愁。写诗，被批评，喝酒，接着写——这就是海子的生活。

北京的朦胧诗人多多对海子的批评一直很激烈。在海子到北京参加“幸存者俱乐部”的朗诵会中，多多曾指海子写长诗，是犯了时代性的错误。

1988 年冬天，北京的《今天》诗歌圈和圆明园诗社聚会，多多批评海子与骆一禾的长诗“缺少足够的支撑点”，还给出了“你们这些年轻人，说你们不行就是不行！”的严厉批评，据说听到这句话的海子一下子便涨红了脸，然后匆匆离开。

在海子自杀后，惋惜之余，多多也深感后悔与自责，他曾经这样解释过:“我以为时至今日仍以维持原判为宜，尽管历史就是不断的再解释。但在那样一个复杂的时辰一个那样复杂的内心又是牵扯到那样复杂的诗歌争论，谁能道出为什么？同理，对于那天批评之事，我不承担责任谁承担？从那天我接到海子自杀消息的热泪出眶起，我就承担起来了。日后对西川对众诗人，我都一再地坦诚地承担过，无任何遁词。当然于今，如果海子自杀之因只属于我为首之责，就太抬高了我的影响，那是不真实的，是对海子之贬。”

不得不说，多多的这份解释称得上有担当，多多说的话也有道理，我们的确不能将海子自杀的主要原因归咎于多多，更不能归咎于所有不理解海子的人。没有人有错，也没有人应该对海子的死负责。正如海子遗书中所说的那样，他的死与任何人无关。

1989 年农历新年，海子从一小时车程外的怀宁赶到安庆市内给安徽诗人沈天鸿拜年，据他回忆，当时海子曾这样抱怨：“北京的圈子很严！简直进不去！”

那天海子一个人喝了将近一瓶五十度的白酒，醉醺醺地回了家。一两个月后，就是在海子自杀的前夕，他给沈天鸿写了这样的一封信，全信只有六个字，没有标点符号——“我还活着你呢”。

自己的诗作在北京的诗坛得不到认可，海子便以为这大概是长诗在北京并不受重视的缘故。海子思量，假如能找到跟自己一样着力创作长诗的诗人，那么他们或许会承认自己的价值。

如前所述，受杨炼影响而大力创作长诗的是一批四川诗人，海子本以为他们会是自己前行路上的并肩战友，鼓足了勇气前去成都拜访的海子却并没有如愿。

据欧阳江河回忆，1987 年，海子曾绕道四川，为自己的长诗寻找知音。可是这些四川诗人们也不欣赏海子的长诗，在聚会中，石光华、尚仲敏等诗人都批判了海子的长诗《土地》，海子这才意识到，原来自己并没有同伴，这条路上行走的只有他自己。

这天海子喝了许多酒，还在欧阳江河的面前醉酒失态，吐了个昏天黑地。

麦地，别人看见你，觉得你温暖，美丽。
我则站在你痛苦质问的中心被你灼伤。
我站在太阳痛苦的芒上。
麦地，神秘的质问者啊。
当我痛苦地站在你的面前，
你不能说我一无所有。
你不能说我两手空空。

——海子《答复》

站在痛苦质问的中心，被灼伤的海子悻悻地离开了四川，可来自四川的批评声甚至延续到了海子回到北京之后，他的四川诗人朋友尚仲敏还在主编的杂志《非非》上撰文批评海子：“在空乏、漫长的言辞后面，隐藏了一颗乏味和自囚的心灵。”“人类只有一个但丁就够了。”这带刺的揶揄令海子异常难受。

本来，诗人间互相发表不同的见解是无可厚非的事情。可这时的海子实在是太需要认同了，长期的孤独与不被理解让海子这颗本就敏感的心灵更加脆弱，而这篇文章无疑像尖利的麦芒，划伤了海子那本就不堪重负的心脏。

再见了，诗人

“明日天寒地冻，日短夜长，路远马亡。”既然已经知道了结果，为什么还要走呢。这故事从一开始就是错的，又一路错到了底。那远方吸引着海子的到底是些什么。真的值得一死吗？

海子曾经是多么热爱生活，这样热爱人间的他最终还是选择了自杀。二十五岁，正是最好的年华。走之前，海子认真地打扫了自己的房间，干干净净。书桌上还摆着他的书，他的笔，还有一只玻璃杯。“一只空空的杯子权做诗歌之棺。”这玻璃棺中躺着的诗还不知道要沉睡到何时。

活在这珍贵的人间。

太阳强烈，水波温柔。

一层层白云覆盖着。我，踩在青草上。

感到自己是彻底干净的黑土地。

活在这珍贵的人间。

泥土高溅，扑打面颊。

活在这珍贵的人间。

人类和植物一样幸福，爱情和雨水一样幸福。

——海子《活在这珍贵的人间》

然而一切都已成幻影。海子最终还是做出了那个令人遗憾的决定。他抉择的正误在后世引发了激烈讨论，当然，没有任何一个生命理应被如此对待。海子用他的死成就自己的圣洁，或是某些如同镆铘投炉般更加永恒的东西。

“我必将失败，但诗歌本身以太阳必将胜利。”

“海子之死”背后的谜团在当时的诗坛争议了良久，最终也没有得出一个能让所有人信服的答案。转眼之间，光阴荏苒了二十几个寒暑，关于“海子之死”的争论似乎渐渐淡化了，可是他的诗歌带给一代又一代人的影响却方兴未艾。

在海子死后，悲痛的骆一禾这样评价他：“今天，海子辞世之后，我们来认识他，依稀会意识到一个变化：他的声音、咏唱变成了乐谱，然而这种精神氛围依然腾矗在他的骨灰上，正如维特根斯坦所说：‘但精神将蒙绕着灰土’。所以——在这个世界上，许多事件——大的和比较大的，可称为大的过去之后，海子暨海子诗歌会如磐石凸露，一直到他的基础。这并不需要太多地‘弄个水落石出’，水落石出是一个大自然的过程。用圣诉说，海子是得永生的人，以凡人的话说，海子的诗进入了可研究的行列。”

其实，直到今天对于海子的学术研究仍旧处于一个起步的阶段，包括他的田园短诗、所谓“大诗”、还有怪诞寓意小说。喜欢海子的人很多，写田园诗的人却很少，写“大诗”跟怪诞小说的人更少。

或许以后会有的，至少海子给诗歌指出了一个新的方向。

很多人说海子用他的死让自己变成了一个传奇。笔者认为这个评价是有失公允的。海子是用自己的文学让自己变成了一个传奇，他的死在某种意义上是让他与他的诗受到了关注，或许自杀真的比四散打印稿有用得多，但这与他的本身的传奇意义无关。

用西川的话来说，海子死后，学界大都是从“形而上”的角度去讨论海子的。但是对于“海子自杀”这个问题过多的关注，是否也意味着对于海子的诗歌本身意义的关注会相应地减少了呢？

西川曾经这样说：“我不否认海子自杀有其形而上的原因，更不否认海子之死对于我们这个时代的精神意义，但若我们仅把海子框定在一种形而上的光环之内，则我们便也不能洞见海子其人其诗，长此以往，海子便也真会成为一个幻像。”

海子在他的《诗学：一份提纲》的最后写了他自己的一个梦。这个梦很奇怪，也不知道海子为什么要将这么一个奇怪的梦附在一篇学术性很强的文章后面。

梦中，一个老人背着一个驼子到一个不知名的镇上去看妹妹，但是妹妹已经在水里死去了。驼子参加了一场足球赛，可他的双腿却无法动弹。老人流下了屈辱的泪水，重又背起了驼子。回到镇上，一个打着黑伞的人遮住了我，驼子似乎站了起来，并被人牵着向前跑去。

紧接着，海子这样写道：“这是不可能的，我心里想——但驼子在前方已被那些仇恨或娱乐的人们高高抬起——摔成八瓣——脑浆迸流。”

后　记

海子去世后一年，《花城》上发表了海子的一组诗。这是海子的作品第一次在官方刊物上发表，随后诗界涌起一阵麦地诗潮，甚至还引发过一些青年诗人的自杀潮。海子被神化为整个 20 世纪 80 年代的精神象征，海子自杀的 1989 年，被作为诗歌的界碑。直到今天，每年还有大量的纪念活动。

查正全夫妇被“骗”到了北京，得知儿子并非病重而是自杀身亡之后，两人悲痛欲绝。追悼会过后，他们将海子与他的遗物带回了查家湾。海子的房间还是他最后一次离家时的那个样子。

后来，两位老人渐渐习惯了一批又一批的崇拜者的到来，他们中有的人用了假名字跟假证件将海子的遗物“借”走就再也没有归还过了。查正全夫妻有时会站在门口呆呆地望着小路的尽头，像是在等待着什么。可惜他们再也等不到他们最想等到的那个人了。

三个弟弟先后辍学回到了家中，再后来娶妻生子，成了地地道道的农民。

海子留下了 2000 多册的藏书。辗转几次搬家，它们都没有被丢掉。最后一次，海子大弟弟查曙明的儿子、二弟弟查训成的媳妇和三弟弟查舜君，花了两个月为这些书编写序号，再由在文化馆工作的堂姐输入电脑，就像组建一个小型图书馆，四家人里有文化的，都出了力。它们整整齐齐，脊背上粘着小标签，码进“历史的房间”。

曾经的几位情人中有两位的感情生活都不顺利，离了婚，至今孑然一身。

海子去世 68 天后，1989 年 5 月 31 日，28 岁的骆一禾去世，鉴定书上写“用脑过度，造成脑血管突发大面积出血”。

随后不久，老木移居美国，来信渐少，精神越发癫狂。

只有西川还留在北京，有条不紊地整理手稿、编纂诗集、做教授、写诗、受圈内人的质疑与谩骂。

就如同多年前几人聚会时一般，西川总是那个滴酒不沾，打扫残局的人。

图书在版编目(CIP)数据

一场盛世的狂欢：从顾城到海子 / 陈春秋水著．—北京：现代出版社，2016.5

ISBN 978-7-5143-2827-1

Ⅰ．①一…　Ⅱ．①陈…　Ⅲ．①散文集－中国－当代
Ⅳ．①I267

中国版本图书馆 CIP 数据核字（2015）第 257845 号

一场盛世的狂欢：从顾城到海子

作　　者　陈春秋水
策划编辑　赵海燕
责任编辑　赵海燕
出版发行　现代出版社
通信地址　北京市安定门外安华里 504 号
邮政编码　100011
电　　话　010-64267325　64245264（传真）
网　　址　www.1980xd.com
电子邮箱　xiandai@vip.sina.com
印　　刷　三河市南阳印刷有限公司
开　　本　890mm×1240mm　1/32
印　　张　8.5
版　　次　2016 年 7 月第 1 版　2016 年 7 月第 1 次印刷
书　　号　ISBN 978-7-5143-2827-1
定　　价　35.00 元